시작시인선 0141

물고기 강의실

시작시인선 0141
물고기 강의실

1판 1쇄 펴낸날_2012년 11월 16일
지은이_강희안
펴낸이_채상우
디자인_꼬마철학자
펴낸곳_(주)천년의시작
등록번호_제301-2012-033호
등록일자_2006년 1월 10일
주소_100-380 서울시 중구 동호로27길 30, 510호(묵정동, 대학문화원)
전화_02-723-8668
팩스_02-723-8630
홈페이지_www.poempoem.com
이메일_poemsijak@hanmail.net

ⓒ강희안, 2012, printed in Seoul, Korea

ISBN 978-89-6021-177-3 04810
     978-89-6021-069-1 04810(세트)

물고기 강의실

강희안 시집

천년의 시작

시인의 말

풀잎과
바람의
고리를
찾아서
여기에
꿰었다

누구도
무관한

세속적
놀이에
가담할
독자께
일독을
권한다

차 례

일러두기

*한 연이 첫 번째 행에서 시작될 때에는 >로 표시합니다.

*시집의 맞춤법과 띄어쓰기 가운데 저자의 의도에 따라 (주)천년의시작의 표기 원칙
 과 다른 부분이 있습니다.

제1부

맛있는 라면 조리법

　지휘자가 날렵한 젓가락 휘젓는 동안에도 구불구불 몸을 풀지 않았다 그는, 뽀글뽀글 물방울의 기포를 터뜨리는 충동에 시달렸다 객석에서도, 불의 심장을 사사롭게 필사하면서 야채의 면면을 되살린 것이다 지은이는, 관심의 눈길 거두며 퉁퉁 불어 터진 험담을 늘어놓았다 그는, 꼬들꼬들 꼬드르르 물이 벗어 놓은 면발의 그림자나 데쳐 놓기 일쑤였다 독자들까지, 어슷어슷 파의 편린과 고추의 추궁에 달걀을 깨뜨린 것이다 지휘자는, 종종 타는 갈증에 잠겨 요리 뜯고 조리 찔러야 생생 끓어올랐다 그의 발가락은, 희고 길지만 음색은 굵고 까다로운 편이다 마침내 관객들도, 냄비의 파열음과 비등점까지 거들떠들 지나치고 말았다

　고객과 관객, 그리고 저자까지 주방에서 나무젓가락을 찢자 시장의 틈새가 벌어지기 시작했다

어른 척척척

짐짓 콧소리까지 내며 어린 척 얼은 척 어른 척척척 거들먹
대다가는 '참 잘했어요, 또 해 보세요!' 여교사가 교장 앞에서
얼은 척 힐끔대다가는 '바지만 벗으세요!' 늙은 간호사가 어린
척 갖은 푼수 끓이다가는 착착착 '한 번만 넣어 줘요!' 보험설
계사가 간혹 본받을 만한 얼인 척 궁구해 보다가 '한번 끼워
보세요!' 보석감정사가 하대할까 얼은 척 '또 빨아 줄 것 없어
요?' 파출부가 야채를 잘못 얼린 척 얼은 척 얼인 척척척 눌변
을 늘어놓다가는 '빨리 올라타세요!' 엘리베이터 걸이 혹여 나
라의 지표로 삼을 얼인 척 매혹의 눈짓으로 '한 사람씩 차례로
올라오세요!' 여객기 승무원이 착착착 정점에 이른 사태를 그
대로 얼린 척 '웬만하면 빼지 마세요!' 은행 여직원이 급기야
촛불을 켜들다가는 쇠고기 수입 막후 협상을 진행한 신문 보
도 위를 걷고 있다 짐짓 다냥한 목소리로 따따부따 소리의 물
기까지 어린 척 얼인 척 얼린 척척척

벌레 먹은 이빨들의 방언
—김수영을 추억함

밤의 포성이 울리자 거제도 야전병원 시절로 돌아간 듯 그
는 생니를 뽑기 시작했다

창틀의 자모가 어긋났는지 비음으로 터진 방언들이 한밤의
촉각을 세우고 있다 끼룩 끼르륵 귀뚜라미가 바닥에 남기고
간 더듬이들이 여기저기 나뒹굴고 있다 이빨을 뽑는 것은 구
름의 목자들이 영혼 이끌고 간 주소지를 기억한다는 것, 계절
의 행간이 놓친 소리의 허구를 탐한 탓이다

잇몸을 빠져나온 덧니 A가 책상 원고지 위에 놓여 있다 뻥
뻥 뚫린 시간만 남았을 뿐 벌레들은 온데간데없다 그는 우울
한 앞니 B, 자존심이 상한 어금니 C, 증오와 원망을 품은 송
곳니 D도 뽑은 적 있다 사랑이 끝난 폐허에서 말은 시작되는
거라고 중얼거린다 지상의 밤에 구두점을 치는 음악이란 없다

모자를 뒤집어 쓴 채 발치된 텅 빈 주검이 만져진다 바람의
율법에 저당 잡힌 일이 한두 번은 아닌 터, 그에게 이빨이란
구름의 무늬나 혀의 빛깔을 닮은 도구가 아니었으므로, 벌레
에게 내주고 휘파람을 불어 본다 운명*의 허방을 조금씩이나
마 딛고 싶어 뽑은 이빨을 들고 그녀에게 간다

>

포르말린 냄새에 길든 거제도 포로수용소에서 죽어 나갔던
그가 틀니를 맞춘 날이다

● 베토벤의 제5번 교향곡.

모음들의 모임

ㅏ의 그림자는 ㅑ의 그림자는 ㅓ의 그림자는 ㅕ의 그림자
는 ㅗ

누군가 붙여준 점 ㅏ에 따라 환한 입술의 등고선 그리다 보
면 음모의 원점으로 남은 ㅗ*와 만날 수 있겠다

ㅗ의 그림은 ㅛ의 그림은 ㅜ의 그림은 ㅠ의 그림은 ㅡ의 그
림은 ㅣ

누구라도 가지의 기교에 따라 뿌리의 촉을 드밀다 보면 모
음의 공식을 세운 태양의 적도에 닿을 수 있겠다

ㅏ의 그림을 ㅗ로 눕히거나 ㅣ의 그림자인 ㅡ가 직립한 음
모를 꾸민 모임에서는 어떤 불상사에도 아랑곳없이 입을 가
로로만 찢으며 웃고 있겠다

● 어의 미상인 '두'라는 한자어.

가래의 힘

　　상습 애연가들은 기도를 조심하라 가래는 비등점 없이도
물목에 떠서 끓는다 목마른 기도와 말의 개폐를 조율하는 수
상기관에 은거한다 원래는 환절기마다 둥글넓적 점막의 보호
자로 출현하지만, 푸른 수심에 잠긴 주일에도 크릉크릉 신음
소리 그치지 않으리라 그들은 워낙 생명력이 질기므로 가래
로도 쉽게 막지 못한다 외부 환경에 따라 세력을 넓힐 때, 몽
그르르 각― 한 덩이 꽃을 뱉는 것이다 말즘*의 줄기라도 잡
는다면 먹잇감이나 은신처로 삼기에 제격이다 몇몇 변종들은
관상용으로 자리 잡아 기관지에 널리 소개되기도 했다

　　병약한 흡연자들은 모두 기도하라 가래는 부드럽게 끓어올
라 기도를 막는 안락한 죽음의 종족이다

●미국의 귀화식물인 가랫과에 속하는 여러해살이풀.

○인의 그림자

○인의 바깥은 헐거운 자유라 했다
우물 안의 올챙이가 외출을 서두르는 그 너머엔
파르르 하늘매발톱이 자랐으므로
그의 두 발은 깊이 빠져든다 했다

그는 ○점의 기억조차 난생의 형상이라 했다
그 시절 내내 은자의 행색 펼칠 때마다
네 발에는 굳은살이 새살새살 돋고 있다 했다
그가 빚 없이 동사의 지위를 얻었다면

유인의 ○인은 좀더 우수한 종으로 진화했으리라
스스로의 정교한 각을 잃어버린 이후
한 번도 문장을 완성한 적이 없다 했다
그가 전갈의 배꼽 자리 버리는 동안

○안의 바깥에 사로잡혀 궁그르다 지쳤다 했다
통통 공의 탄성에 눈멀었으므로
그는 두 발로 직립하는 일을 파기한다 했다
○안에 ○인의 그림자를 포갠, 그는

>

◎의 凹凸을 넘보다가 두발만 길어졌다 했다

떼는목°

　그들이 떼어 놓은 놈은 '버리다'와 '가져오다' 사이에 있다 그 남자가 호적초본을 떼자 그녀의 눈빛은 시치미를 뗀다 그녀가 깍짓손을 떼자 그는 떼어 놓은 당상이라며 입을 뗀다 그가 집착의 시선을 떼자 비로소 그녀가 주차 위반 딱지를 뗀다 그녀가 은밀한 가락을 떼자 그는 신경질적으로 한 소절 맺으며 잘라 뗀다 샴쌍둥이 형제가 '떼다'란 작자의 메스와 바늘 사이에서 피들피들 학을 뗀다 그가 말직 한자리를 떼어 주자 그녀는 벽에 걸린 액자를 뗀다 그가 젖꼭지에 입을 떼자 그녀는 자신이 경영하는 호프집 간판을 뗀다 그녀가 봉급에서 떼지 말라고 간청하자 그는 화분의 잎을 뗀다 그가 거실의 미닫이를 떼자 그녀는 동료 교수의 성추행 시비를 뗀다 그녀가 아편을 떼자 그는 50년 지기 불알친구에게 돈을 뗀다 그가 신용불량자란 오명을 떼자 그녀는 그간 자신을 괴롭히던 영어 회화 독본을 뗀다 그녀가 시의 행을 한 줄씩 떼자 그는 급기야 출세가도를 달리던 직장에서 목을 뗐다며 울먹댔다

　'떼다'라는 놈은 워낙 힘이 세서 눈꼴사납게 붙어 있거나 잇닿은 목을 치는 일에 능수능란하다 즉 신체의 한 부위를 도려내다가 상황에 따라 얼마든지 마음을 돌려먹는 일 따위를 서슴지 않는다 따라서 법조계에서는 쟁탈, 착취를 통해 타인의

부조리를 부추길 수 있으니 어떤 경우라도 괘괘이떼라고 엄
중히 경고한다

● 판소리 창법에서 소리를 하다가 한순간 맺어서 잘라 떼는 목소리.

콜럼버스의 신대륙은 인도였다
—말의 뿌리를 찾아서

콜럼버스의 신대륙 '인디아'의 '인디언'은 'reindeer'의 뜻인 삼림순록, 즉 '사슴을 따라다니는 사람들'이지요 '퉁구스족(동이족)'의 유래와 일치하는 '인디언'의 본래 어원은 '린디언'이라나요 '사슴(deer)' 앞에 붙은 'rein'은 '린(麟)'에서 나온 말인데, '큰 수사슴'이거나 '사슴의 뿔'을 가리키죠 환언하면 '크고 빛나는 뿔', '왕관을 쓴 사슴'이라던가요 '인디언'과 '동이족'은 '천자족속'이란 진실을 전하는 명칭인 셈이죠 실제로 'rein'은 모든 유럽 국가에서 'rain(비)'으로 응결된 '왕비(王妃)'를 지시하죠 wo—'비(雨)'—man, 즉 '왕의 짝'이란 이름으로 널리 쓰여 왔지요 '고려인'에서 '고(高)'를 뺀 '려인(麗人)'이라는 축어와 동일한 수준이죠 이 역시 '린디언'의 '린(rein)'에도 똑같이 적용되지요 '려(麗)' 역시 '아름답게 빛나는 사슴뿔'이라는 뜻으로 조합된 형성자라나요 인도어의 '힌두'는 '흰도(白徒)' 내지 '신도(神徒)'의 뜻인 바 힌두인들이 백인 신, 특히 유태 상인을 절대 지배층으로 섬긴 탓이겠지요 가령 '동인도회사'나 '서인도회사'는 '동힌두회사'나 '서신도회사'에서 순화된 형태가 아닐까요? '신디케이트(syndicate)'는 '힌두케이트'나 '신도케이트'인 셈이죠 좀더 정확히 밝힌다면 '신라케이트'나 '이스라엘케이트'가 올바른 표기란 말이지요

>

　그렇다면, '신디게이트'란 콜럼버스의 달걀로 요약된 프런티어의 정신과도 같은 맥락이죠 따그락 딱, 꼭지점을 깨뜨리지 않으면 입성할 수 없다는 '조직폭력단' 제도 말이에요 대단위 함대를 앞세워 언어를 독점하고 말살하는 게 폭력이죠 더구나 그 완력의 잉여로 얻은 땅이 아메리카라 불리는 신대륙이었던 셈이죠

정통한 집

너 정말 정 통한 적 없니?

너 앞뒷집(↔)에
똑같은 사람 사는 거
아니?

여보안경안보여

너 위아래층(↕)에
똑같은 사람 세든 거
모르니?

개똥아
똥쌌니
아니오

눈빛이 흐려졌는지
날라리 여보가
안 보였는데

>

(앞집에서 찾았다는 소식)

변비에 걸렸는지
나날이 개똥이는
똥을 안 싸

(아랫집의 변기가 뚫렸다는 소식)

너 정말이지
말의 상하좌우(↕)에 정통한
그런 집에 사니?

꽃과 별의 집에 관한 투기 효과

꽃의 이론을 펼쳐 보면 이런 글귀가 나온다 나의 집이 장미
의 고혹적 에스프리라면 칸칸이 편재된 너의 몸은 아카시아
같이 싸한 랑그의 입술이다 너의 낡은 침대가 잔혹하게 비밀
한 목련의 스펙트럼이라면 나의 새로운 환유란 진달래 수수수
저질러진 흔하디흔한 향기의 모랄에 불과하다

별의 이론을 쳐 보면 이런 창이 뜬다 나의 집도 석재지만 남
의 시집에 어린 은유의 별빛이 상그럽다 철철이 색깔 바꾸는
정원이지만 남의 집 나무에 걸린 연시의 상징에 빠졌다 내 침
대를 새로 들이고도 남의 문자 무늬에 매료된다면 낡은 파롤
의 투기가 왕왕 행간에 틈입했다고 신고된다

누군가 던진 럭비공에 따라 이리저리 튀다 보니 도처에 '분
양 시작'이라는 애드벌룬이 떠오른 것이다

'가'라는 판의 조합

가[1]이 음계의 제6음, 곧 라(la)에 집착하므로 가:[2]는 복판으로부터 먼 끝진 데서 판을 짠다 가:(可)가 옳거나 좋다는 화성을 내세운 장조이므로 가[12]는 받침 없는 체언의 후미에서 변성하는 단조의 뉘앙스를 풍긴다 가(加)가 더하기라는 구시대 가곡이므로 가:-(假)는 진(眞)의 상대편에서 시험적인 악상에 골똘한다 가(家)가 호적상 일가로 등록된 친족 단체라는 다단계 음계이므로 -가(家)는 그 방면에 남보다 뛰어난 악성을 일컫는다 가[21]이 서술어의 동작, 상태를 확정하는 계명의 어미이므로 가[5](加)는 씨족이나 부족의 우두머리 사내를 가리키는 으뜸화음이다 가[11]이 보족적 동작으로 주체의 격을 높이는 지휘자이므로 가[18](價)은 일부 명사의 뒤에 서서 객체의 가격을 매기는 장사치다 -가(哥)가 인명이나 성(姓)씨의 배후에서 '그 성씨 자체나 사람들'을 조종하므로 -가[16](街)은 일부 명사나 수사의 말미를 차지하는 거리나 지역에서 구성지게 판을 벌이는 것이다

한편 은나라의 제례 때에 쓰던 구리 술잔 가[9](斝)에는 몸통에 세 개의 다리와 두 개의 젖꼭지가 달려 있으므로 신라 때 짐승의 뿔로 만든 복고풍 악기인 가[8](笳)로써 소리의 형상을 지었으니, 누군들 이 악기의 판에 맞추어 몰이배 퇴치하는 가무(笳舞) 즐기지 않았겠는가

시각의 덫

　　이제 꽃에서 떨어진 그에게 긴요한 일은 약간의 상상력과 함께 아주 간단한 두 가지 오류에 빠진 예시를 들어 보는 것이다

　　그는 '~시각 때문이다'라고 썼다가 '~깨진 안경의 시각으로 인해 혼선을 빚었다'라고 말해야 마음이 잡힌다 그가 '~어린아이의 깨진 안경의 시각으로 인한 혼선 때문에 파행을 빚었다'라고 진술할 수밖에 없는 건 '~놀이터에 떨어진 어린아이의 깨진 안경의 시각으로 인해 혼선을 빚은 것은 누군가가 억압한 파행의 결과다'라고 서술해야 옳았다는 타율적인 강박증을 믿기 때문이다

　　그는 '그러므로 시각은~'이라고 단정했다가 '그러므로 바람 빠진 타이어의 시각은~'이라고 자기 소외의 막을 투과해야 마음을 잡는다 그가 '그러므로 사막에 버려진 바람 빠진 타이어의 시각은~'이라고 무생물 중심의 시각을 덧붙인 건 바로 '그러므로 네바다 바다 사막을 부유하는 바람 빠진 타이어의 시각은~'이라는 대리 경험과 시점의 다변화를 꾀한다는 당위를 믿기 때문이다

>

고로 그에게 시급한 일은 시각의 사각지대를 통과하는 과오의 시간에도 꽃은 피고 지는 일을 번복한다는 시선의 발견이다

지퍼의 전횡사

푹 퍼진 바지의 줄을 잡다가 슬쩍 당겨 본다
꽉 다문 입 없는 말
주루룩 뱃가죽 찢으며 지평선을 열어젖힌다
성기가 터질 듯 부풀기 전에
금속성 이빨들이 일제히 가방에서 뛰쳐나왔다

입·이것은 안전 처리된 미늘인 듯
살갑게 봉인을 풀 때마다 비린내가 물큰했다
누구나 공공연한 전횡을 일삼았지만

자크·저것은 투명한 데리다의 기표였으므로
누구나 쉽게 개봉할 수 있는 지퍼백
순수한 말의 기원은 없고 혀의 기능만 있다던

질·그것은 딱딱 맞는 이빨 없이도 완강했다
표표히 유목에 지친 말로 남아 떠도는
사막의 바탕은 바람의 망막이 아니었다

바람에 재편된 사구의 주름을 헤집어 보다가
알알이 흩어진 모래

잠시 신기루 펼칠 때 트럭의 범퍼가 닫혔다
이 뜨거운 실린더가 터지기 전에
말 없는 입들이 지퍼를 열고 고비에 당도했다

말의 쓰임새에 관한 보고서

　다음은 '말의 쓰임새에 관한 보고서'의 일부이다 이 글의
( ) 안에 들어갈 가장 알맞은 말을 〈보기〉에서 골라 넣으시오

　( )은 말을 얻을 때까지 침묵하고 ( )는 침묵을 얻을 때까지
설교한다 ( )의 말이 사실적 묘사라면 ( )은 감성적 이미지를
구상한다 ( )는 종종 처녀로 만난 예수도 관음하는 은밀한 몽
상을 즐기기 때문이다 ( )은 자신을 알아주는 이를 비추고 ( )
은 자신을 몰라주는 이의 말을 꺼내고 싶다 ( )이 질적 변화가
두려워 연대한다면 ( )은 양적 변모를 꾀하는 무리를 자초한
다 ( )이 접촉을 시도하는 이교도에게 확실하게 '아니다'는 말
을 비치지 않기 때문이다 ( )는 문제를 타개하기 위해 언변을
늘이고 ( )는 정신의 표적을 향해 일갈을 휘두른다 ( )이 결
행의 직전 한 가지 일에 골몰한다면 ( )은 두 가지 이상의 일
을 고민하기 때문이다 ( )도 가끔 육체적 욕망에 휘말리지만
금단이란 이름으로 그 사태를 부정한다 ( )가 죽을 때 너무 말
이 헤펐다고 후회한다면 ( )는 십자가를 지고서도 말씀에 못
박히고 싶다 젊은 나이에 몸을 벗어 던지기는 쉽지만 다시 부
활하기엔 턱없는 영혼이란 애매한 ( )에 봉착하기 때문이다

　〈보기〉 (1) 교사, (2) 타살, (3) 검사, (4) 숫처녀, (5) 거

울, (6) 목사, (7) 진리, (8) 불자, (9) 자살, (10) 연사, (11) 석가, (12) 여권, (13) 벽, (14) 스님, (15) 야권, (16) 보살, (17) 변론인, (18) 예수

제2부

거울의 문

한때 그의 거울은 나에게 화들짝 문을 열어 주었다 거기엔
환한 빛살로 부서지는 한 소년이 서 있었다 그 이후 그는 거울
을 품에 집어넣은 채 사라졌다 다시 그가 허기진 노을 그림자
를 끄을며 돌아와 문을 두드렸을 때 거울은 그의 까슬한 수염
과 눈빛만을 비쳐 주었다 한때 그의 거울은 나를 푸르게 펼쳐
내는 힘이었다 그의 거울이 텅 빈 정수리 지나 뒤통수로 넘어
가는 순간 거기에는 나를 닮은 한 소년이 멀뚱히 서 있었다 그
날 이후 나는 거울로 들어가는 문을 찾을 수 없었다

그의 거울은 등 뒤에서도 나를 향했다는 걸 몰랐다

태양과 맞선 날

거울 선팅한 차의 내부를 들여다본다
자신의 얼굴까지 어리둥절하다
자외선 빛에 까맣게 타들어 가는 거울
더 깊이 골똘한 포즈를 취한다
거울 선 팅팅팅 두드려 대자
천지 사방의 빛살들이 얼굴로 튀어나와
금발 예수의 이미지로 난반사된다
거울은 검은 죄를 범한 것이다
복면한 유리가 지은 죄의 상
오늘은 낱낱이 밝히고야 말겠다
레드 선 팅팅팅 이마로 받으며
가롯 유다가 손차양을 만들어
차 속을 요소요소 훑어 나가고 있다
빛이 없으므로 드러난 음부의 권세
손바닥을 들어 하늘을 가렸듯
손바닥 아래서 얼굴이 지워졌다
거울 선 팅팅팅 레드 선 팅팅팅
태양과 짧은 맞선이 이루어진 날이다

비트박스를 개봉하는 3가지 방식

비트박스에 담기자 mother는 murder의 혐의를 부인합니다 마더*가 정치의 형식이라면 파주**는 영혼의 담론을 보관합니다 사랑과 증오의 기법이 주검의 형상을 포장한 격이죠 일단 비트박스를 펼치기 위해서는 킥, 하이엣, 스네어 3가지 방식이 있습니다 몽환의 향기를 동반한 성녀의 지경에서 마녀의 경지로 치닫습니다 나이트클럽의 번식력이 음부의 권세를 추인한다니까요? 킥! 일단 입술을 안으로 모으면서 뱉는 겁니다 품 품 품— 이런 식으로요 예를 들어 영화의 맛과 멋은 여성의 자궁까지 관리하는 정치한 기법이거든요 하이엣은 입술을 쓰지 않고, 앞니의 작은 숨구멍 있지요? 그곳으로 숨을 내쉬면서 츳츳 칫칫 춧춧— 이런 식으로 마찰의 힘을 보여 주면 된답니다 사랑은 신경증적 불안과 알싸한 히스테리 증후군을 동반합니다 치정의 망막에 맺히는 한 사건과 기억을 오인하기 십상이라니까요? 그들이 음험한 공모의 눈빛과 거래하는 동안 스네어는 입술을 꼬면서 구멍으로 쓰읍, 이런 식의 강한 흡인력이라면 더욱 좋겠습니다 정치가 피 냄새 은폐하는 미학이라면, 증오는 자본을 엄폐하는 발작이기 때문입니다 저마다의 비주얼에 따라 4비트, 8비트나 뭐, 고급 스킬***을 쓰면 되구요 mother의 킥과 murder란 스네어의 접점에서 서정적 하이엣이 완성되었습니다 자, 이제 여러분들은 비

트박스가 개봉될 날만 손꼽아 기다리세요

● 봉준호 감독의 영화.
●● 박찬욱 감독의 영화.
●●● 솜씨나 숙련 기능(skill).

양파

단 한 번이라도 과녁의 표적으로 남겠다
눈부시게 둥근 신공의 심법으로
시퍼런 자객의 칼날을 기다려 왔겠다
구파일방* 권문세가까지 숨죽였으므로
아무도 무림의 고수 건드리지 않으니
삼천갑자의 내공으로도 평정할 강호는 없겠다
그렇다면 비급의 굴레를 벗어던지고
표표히 떠도는 구름의 동사에게
무혈신마맥** 같은 살을 날리고 싶겠다
광대한 부재의 중심에서 쏘아 올린 날렵한 촉
패도로 휘갈기는 부사의 검법은
누구도 받아 적는 법 깨치지 못했으므로
켜켜이 싸인 금계포란의 내력까지 구전되겠다
어느 누구도 상단전*** 심장 찌른 자 없으니
크고 작은 풍운아들이 호시탐탐 기회를 엿보는
저 은둔의 세월은 까무룩 깊겠다
스스로의 몸으로 태양의 혈맥에 닿을 듯
문하에 뿌리 내린 관사들의 집성촌
바닥에 발을 들일수록 푸른 수사들만 남겠다
희디흰 알의 부화를 기념하는

투명한 바람의 기법 터득하기까지
무사의 칼날은 늘 강호 밖의 일이겠다

● 무협소설에 등장하는 무림의 당파.
●● 무협지의 작가가 나름대로 만든 특이 체질.
●●● 내공이 쌓이는 머리 부분의 단전.

밀양 박쥐

　‘행복 한복집’과 ‘행복한 복집’ 사이에 ‘밀양’이 있다 한국인들이 주류로 앉아 난장을 아우르는 다국적 기업이다 그들은 일제식 목조 건물에서 러시아산 보드카를 마신다 마작과 빗줄기에 취해 아릿한 피의 향기 탐닉한다 박쥐가 피릿피릿 날개의 빗살을 펼치며 벽에 착지한다 카메라 앵글에 따라 현상현상현상현상현은 태주와 신애 사이를 빙글빙글 돈다 신애가 죽은 남편의 고향인 밀양을 찾은 건 우연한 일이 아니다 “밀양은 한나라당 텃밭이구요 어디나 사람 사는 건 뭐 다 똑같죠” 밀양에서는 이미지로 남은 인간들이 쥐박이놀이를 즐기기 때문이다 뱀파이어와 신부, 속물과 세속의 신으로 강림한 그가 바로 송강호였다 태주의 죽은 남편인 강우를 사이에 둔 태주와의 섹스, 일명 노릇한 샌드위치로 포개져 전시장에 진열된다 섹스란 죄의식에 잠겼을 때 더더욱 황홀한 것, 바닷속 상현의 바위에 눌린 강우의 물고기들은 은회색 치맛단과 태주의 벽을 꼬리지느러미로 차며 돌아 나간다 “뱀파이어도 귀여운 구석이 있는데요?” 태주가 농을 걸듯 말하자마자 신애의 몸에서는 차륵차륵 복수가 끓어오른다 비밀한 빛의 뚜껑이 반쯤 틀린 날, 웅덩이 옆으로 연녹색 ‘펑크린’이 꽂혀 있다 속물이 물속에 묻혀 펑, 뚫리는 짜릿한 순간을 맛보고 싶었던 것이다 ‘행복한 복집’과 ‘행복 한복집’ 사이 거기에 ‘밀양’이 있다

김밥천국

천지 사방 뱀들의 천국이다

푸르르 셔터 올리는 여자

그의 지퍼에 닫혀 버렸다

투명한 그늘에 은거한 거미

그녀에게 둘둘 말리리라

여자 같은 기미에 놀라며

두 갈래로 갈라지는 혀

남장 여자가 김밥을 만다

정치한 수사의 바로미터
—형용사의 지위에 대하여

그의 말은 사람이나 사물의 성질이나 상태를 측정하는 감성의 바로미터이다 붓을 잘 놀린다는 소문이 떠들썩했으므로 아호는 '그림씨'로 회자된다 사법부에서는 성질이나 상태의 징후를 포착했다고 하여 피의자를 연행할 수는 없다고 발표했다 예를 들어 그가 '슬픔', '고난', '적의' 등을 품고 있다 하더라도 기능적으로 '무엇이 ~하다'의 물증이 확보되지 않는 한 사전 영장을 발부할 수 없다는 입장이다 그들은 무엇보다도 빈 괄호 안을 채울 수사적인 표지를 중시하는 집단이기 때문이다

그의 수사는 활용의 폭이 넓을 뿐더러 세간의 일을 밀도 있게 밝힌다는 점에서 '움직씨'의 보법과 동일하게 취급된다 따라서 그가 역풍을 일으킨다면, 그의 말을 곧 행동의 범주로 편입하려는 게 정부의 대안이다 그러나 학계의 일각에서는 그의 파행적인 행각에서 다시 그의 말을 정의하려는 새로운 기류가 일어났다 이른바 그의 행위가 주체의 지위를 과정적·동태적으로 일깨우는 동시에 그의 말이 주체의 성질이나 상태를 정지적·상태적으로 은닉하려는 과정에서 발발한 사태로 요약된다

검찰의 수사 결과에 따라 그는 행위와 말을 실사하기보다는 크게 '움직임'으로 기소된 적 있다 '동작의 상태'란 혐의로

도 얼마든 구속이 허여된다는 판례에 해당한다 더욱이 그의 말은 명령법이나 공동법을 불인하지만, 그의 도단적 행위에 는 모종의 영향력이 자연스럽게 용인되는 격이다 이러한 정 치 기능론적 차이는 어떤 조직이나 장르의 경우라도 환유적 인 범주에서 적용이 가능하다 그는 환상과 실재, 사법과 행 정, 리비도와 무의식이 별도의 지위를 누리는 미적 종생기에 봉사하기 때문이다

특히 그의 행위 서사는 세계-내의 통사적인 맥락에서 중 요한 위치를 전유한다 정부가 위임한 수사의 기능을 담당하 지만, 입법 기능 외 여타의 목적이나 다른 성분의 성격은 그 에 의해 전도된다 나아가 그의 행위가 타깃 지향형인지 프레 임 지향형인지에 따라 자발적 상태와 타율적 상태로 구분한 다 전자가 목적의 성분을 요구하는 포스트리얼리즘이라면 후 자는 목적이 결여된 포스트모더니즘이라고 명명된다 주지하 다시피 그의 생경한 수사가 바로미터를 세운 것도 불과 근자 에 들어서의 일이다

손

누구라도 없다고 믿어야 풀리는 주술이다
그에 들린 날이면
도무지 상상할 수 없는 아귀의 힘과
아무리 들어도 지적받지 못한 소학교 외톨이
여기저기 찔린 냉소의 눈길이 보인다

'님'자를 붙여야 격식 갖추는 법이다
만일 그를 추어주지 않는다면
무서운 부정의 살에 끼어야 한다
온정의 길과는 먼 욕설들이 따귀를 올려붙이는
냉혈의 손에 배려 따위는 없다

신장대를 가지고 놀다 오줌 싼 저주와
옆방 기집애가 만져 달라는 부위
자주 더듬다 몽정의 사례에 걸린 적 있다
손의 입구와 출구 사이
'짓'과 '질' 사이에서
부르쥔 주먹은 꽃망울 터뜨리고 싶은 것이다

일력에 따라 해코지 일삼는 그를 피해

단칸 셋방으로 이사를 한
궁핍한 봄날, 고등어 한 손 들고
고모가 방문한 저녁이면
노을로 상기된 알싸한 향기가 사래를 친다

그는 주술의 형식에 따라 달라지므로
등을 두드리거나 목덜미 움켜쥘 때
움찔, 그게 바로 손이었나 싶은 것이다
그녀가 뿌리친 날이면
동그라미* 시절의 가락이나 튕겨 보는 것이다

문명은 문맹의 텍스트였다

　빗발의 환영이 번화가 뒷골목을 비틀어 놓는 순간 소년의 속이 뒤집혔다 풀린다 앳띤 소년이 토사물을 쏟았다 웅크리는 사이 여인의 입술이 포개지다 비껴간다 하얀 시간이 검은 조개탄 가루 뒤집어썼다 벗는 순간 파리한 책이 접혔다 펼쳐진다 바람의 회랑에서 무지렁이로 꿈틀대는 사이 사랑은 기표로만 떠돌다 정지한다 여인이 시대의 옴니버스에 맞물리는 순간 소년의 창백한 얼굴이 허공에 걸렸다 나뒹군다 앙다문 입술로 푸른 책의 갈피를 넘기다 덮는 사이 더듬더듬 여인의 손은 말의 금기를 깨친 것이다 말랑말랑 정염의 살을 뜯어 먹는 순간 소년은 여인의 책을 읽다가 놓친다 사랑이란 무지에서 오는 순수라고 썼다가 지우는 사이 녹음의 한 시절이 명멸했다 떠오른다 빗발의 환영이 밥과 법을 들먹이는 순간 따뜻한 책의 날개가 펼쳐졌다 접힌다

즐거운 오독

모 건설회사의 광고 카피
'살면서정이드는집'이
'살면 서정이 드는 집'으로
무심코 독해된 적 있다

'살면 서정이 드는 집'이
'살면서 정이 드는 집'으로
바로 읽히기까지
얼마나 즐거운 오독이었던가

미운 정 고운 정에 치이다가
치정의 뱀에 물렸을 때
해독의 기법 찾기보다
슬쩍 잘못 떼어 내면 되는 일

띄어쓰기 바로잡지 마라

고양이 야마카시

회색 배관과 로프를 타고 담을 뛰어넘는
저 물찬 환영들이 떼를 지어
후루룩 번화가 뒷골목으로 사라졌다
고도의 탄성과 근력으로
크고 작은 건물과 건물 사이
고공 점프하며 날뛰는 고양이과 동물들이
도심 곳곳에서 속출하기 시작했다

게임은 보통 3마리 이상의 고양이가 모여
300m 정도의 둥근 선을 긋고
그 안에서 정해진 텍스트의 목표대로
각각의 동작을 선보이는 식으로 진행된다

언젠가 고양이 셋이 번개팅으로 만나
새 빌딩을 기어오르다가 추락사한 적이 있다
TV와 신문에서는 한결같이
그들이 삼각관계에 걸려들었다고 전했다
강인한 영혼, 강인한 신체
뭐 그런 것을 표방한다고 해서
좀 특별한 성적 담론쯤으로 여겼던 것이다

>
고공 점프의 높이, 동작의 속도
몸짓 하나하나의 예술성에 이르기까지
기계체조, 암벽등반, 낙법 등
여러 요소들이 종합적으로 평가된다

다운타운에 새로 들어선 건물을 탈 때는
노련한 고양이들도 주의해야 한다
어느 누구도 표절한 적 없지만
종종 건물에서 큰 손이 튀어나와
저 낯선 환영들을 구겨 던지기 때문이다
도심의 건물들이 하나같이
야생의 발톱을 기피하려는 경향 때문이다

따뜻한 파두

치타의 송곳니 사이로 새어 나오는
아말리아*의 파두 들은 적 있는가
쿡쿡 지르는 조련사의 막대기
단호한 구령의 마법에서 풀린다면
바다로 뾰족하게 내민 곶
그 간절한 기슭에 닿을 수 있겠다

누구도 바다의 악보 찢지 못하리라
통속에 젖은 기타의 줄을 끊어 버렸으니
멀고 먼 리스본 뒷골목에서
치타의 날카로운 울음소리까지 꺼냈으니
그대, 허랑허랑 파도치는 집시의 발목을 잡겠다

함부로 기타의 통 속에서 뛰쳐나오는
치타의 발톱을 본 일 있는가
등을 보인 조련사의 기타
그 서슬픈 현을 튕기다 보면
남방으로 하얗게 뿜어 올린 젖
그 따뜻한 물결의 무덤에 깃들 수 있겠다

>

아무도 기타의 윤곽 잡지 못하리라
부지불식 솟는 치타의 이빨을 뽑았거나
여기저기 군락을 이룬 마을에서
조련의 손길 거부한 붉은 눈빛이었으니
그대, 유랑유랑 떠도는 바다의 잔등에 오르겠다

●포르투갈의 전설적인 파두 가수.

여러 논객의 사설에 따르면

　　여러 논객의 사설에 따르면, 팬티의 구멍을 찾지 못해 온몸을 떠는 남자가 친구를 따라가 오줌을 누는 사교적인 여자를 보는 일은 외롭다 옆 사람 가슴이 자기 가슴보다 봉긋한지 흘끔거리는 여자가 지렛대 원리로써 거시기를 지퍼에 걸치고 소변보는 남자와 마주친 일은 괴롭다

　　소변을 대변 마려울 때까지 참고 기다렸다가 해결하는 경제적인 남자는 한판 와장창 웃다가 그냥 팬티에 오줌을 지리는 여자가 슬프다 새우깡만한 거시기를 두 손으로 붙잡고 찔끔, 터는 시늉만 하는 고개 숙인 남자는 두 손으로 가슴 치켜 올리며 우쭐하는 황당한 여자가 지겹다

　　변기에 상하좌우 오줌 줄기 휘둘러 대며 자기 이름자를 쓰는 남자는 뱃살이 흘러내리지 않도록 외투의 팔로 배를 꽁꽁 묶는 여자와 만나고 싶다 오줌을 털어 내기 위해 거시기를 변기에다 탕탕치는 남자는 거시기가 말랐나 안 말랐나 손가락으로 확인하는 깐깐한 여자가 그립다

　　여러 논객의 사설에 따르면, 외로움에 시든 남자가 농염하게 물든 여자의 시집을 펼친 탓이다

제3부

날개의 연대기

날개가 깨진 채 버려진 선풍기 머리 위로
까락까락 황조롱이가 앉아 있다
검은 발톱을 지닌 맨발의 영혼이
바닥을 치던 버튼의 건반을 쪼고 있는 것이다
한때 강물의 파장을 일으키며
푸르 푸르륵 날던 희디흰 밀랍의 기억과
바람의 깃털이 허공에 왁자하다

외눈박이 신경으로 좌우방 경계하며
과민성 파열음에 떨던 망막 저편
한순간이나마 아르누보 풍속으로 펼칠
시간의 지도가 그에게는 없다
약진의 몸을 얻지 못한 주검이란
저리 흉물스런 몰골로 날개조차 접지 못하고
고개만 꺾인 채 널브러질 것이다

머리에 날개를 매단 기형의 프레임
바람의 유적지 삭제하는 버튼 몇 개가
날렵한 문장의 수사에 눌린 듯
날개의 연대기를 더듬어 오르고 있다

키키키 진한 울음 내뱉던 황조롱이도
자신이 하늘에 낸 길을 따라
통속적 발화로 깨진 지상의 악장을 번안했다

안개의 강변에 낡은 부리와 발목 묻으며
파르 파르륵 냉혈의 몸으로 남아
투명한 인칭에 날개를 얹는 날
하얗게 타들어 가는 영혼의 전갈을 듣는다
시간의 문맥마저 다 지우고
두근두근 바람의 악보 찢고서야
제가끔 접힌 하나님의 우편함을 열어 보았다

냄비들의 후일담

냄비들은 제5공화국 시절부터 대머리를 베껴 먹으며 이리 들썩 저리풀썩 나댔다지요 좌파들의 모함에 따라 이이의 십만양병설까지 들먹였다지요? 전쟁 발발 확률 제로라며 햇볕정책을 우롱하더니 말입니다 히딩크가 순신이를 흉내 낸 4강 해전의 신화가 한국전쟁까지 야기했다나요? 더욱이 미군이 참전하였는데도, The war*가 국수적인 헐리웃이라고 극찬을 아끼지 않았다지 뭡니까 이(위)대한 나라를 외치던 입시울 소리가 3개월 만에 대권을 완롱하더니 냄비까지 바다에 띄웠다구요? 일거에 입을 맞춰 딸깍대는 뚜껑들의 소리에 무연히도 학익진의 선봉에서 노를 놓치는 수모까지 겪었다네요 결과적으론 문민정부 출범 이후 냄비들이 바닥부터 타기 시작했다구요? 그들은 IMF는 십 년 뒤의 후일담이니 조용히 묻어 두자 타이르더군요 오늘도 '누가 표절했다더라' 인터넷에 올리니 또 벌겋게 달아올라 몰려다니네요 발기인단을 꾸려 비슷한 어구 몇 개 보여 주고는 우굴쭈굴 덤벼들 태세라나요? 냄비들은 바로 찌그러져 주세욧! 대체 누구냐구요? 내일의 공판은 제2호 법정에서 열리며 당신의 결격 사항인 표절과 패러디 시비에 관한 건입니다

패러디와 표절의 기준 1항은 원본을 모방했을 때, 개성적

인 사유를 얼마만큼 삽입했는가 아니냐의 문제입니다 함부로 냄비의 질에 끼워 착상했다면 표절이 되는 것입니다 물론 아이가 꼭 빼닮았다 해도 허락을 받고 대가를 치른 경우라면 다른 유전자로 분류된다는 말입니다

● 심형래 감독의 SF 영화.

물고기 강의실

그녀는 물속에 들어가 연신 뻐끔 담배를 피운다
일조량과 산소량이 부족하다고 투덜대며
불쑥불쑥 검은 물 밖으로 뛰쳐나올 태세다
물밑 작업하던 강에는 문명이 시작되기 전인 듯
검푸른 바벨의 언어가 아로새겨져 있다

그녀가 봉긋한 C컵 브래지어를 곧추세우며
잠시 물방울 무늬 원피스를 살랑거린다
'신'의 이름에서 'ㅅ'을 슬쩍 빠뜨린 그녀는
저녁놀의 입술에 빨려 든 빛의 나이트장에서
날렵한 꼬리지느러미로 부킹을 시도하고 있다

저마다의 라벨에 따라 조합된 물의 강의실
거들을 입다가 그만 터져 버린 부레가 나뒹군다
힘센 물질로 파랑의 등고선을 그린 대가란
바닥까지 샅샅이 들추어 내는 무리를 자초한 일
그녀는, 뻐끔뻐끔 붉은 혀를 말아 올리며
조만간 아벨의 문법에 맞춰 손사래를 치리라

한밤 내내 난파된 물결 속을 돌아 나와 보면

꼬부라진 캔과 포크, 물고기의 낡은 비늘이
그녀의 방 여기저기 널브러져 있다
담배 연기에 그을린 벽에 신의 권세 대신
바벨을 들어 올린 역사의 이름을 휘날려 써 본다

아침마다 성경책을 필사하던 그녀의 일과는
팽팽한 브래지어 와이어의 압력에 따라
밑 빠진 음모를 더듬어 보는 일로 바뀌었다
교정 구석구석에는 물의 책을 찢고 나서야
다시 문맹을 알리는 대자보가 나붙기 시작했다

신체 분절과 지각의 사용 매뉴얼

【성능 및 용법】

1. 귀는 공기나 소리의 파장에 예민하게 작동하는 제품이므로 분란을 야기하기 전 충분히 검토하십시오

2. 입은 사용자와 구매자를 분철하는 기능이 우세하므로 먼저 제품의 특성을 파악한 후 사용하십시오

3. 귀와 입은 공기의 진동에 의해 전달되는 물질이므로 사용자에 의해 제품의 성능이 달라질 수 있습니다

4. 손은 사용자가 처한 상황이나 필요에 따라 달리 쓰이므로 제품이 순간적으로 오작동을 일으킬 수도 있습니다

5. 눈은 시점과 각도로써 다양한 스펙트럼을 유발하므로 조명을 받지 못할 경우 제품의 질이 떨어질 수도 있습니다

6. 손과 눈, 귀 등은 부드럽거나 따뜻한 감각 등에 반응하므로 그런 기능은 제품의 질을 향상시킵니다

7. 코는 막히거나 냄새 등의 스트레스에 민감하므로 항상 청결 상태를 유지하십시오

8. 노후된 이목구비의 대역은 몸이므로 적절한 휴식을 취하게 하면 제품을 오래 사용할 수 있습니다

【주의 사항】

1. 제품의 특성상 급격한 외부의 온도 변화로 자폭할 수 있

으니 주의하십시오

2. 이 제품은 습기에 불쾌감을 보이므로 늘 쾌적한 환경에 보관하십시오

3. 제품이 이상 증세를 보일 경우에는 무리가 뒤따른 경우이니 전문가와 상담하십시오

4. 소모품이므로 반품이나 환불은 불가하니 고장 시에는 고쳐서 사용하십시오

【특징】

1. 제품의 유지 보수에 다량의 비용이 소모되며 시간이 지날수록 소음이 발생함

2. 중고품은 잘 팔리지도 않을 뿐더러 제품을 반품할 경우 반드시 죽을 각오가 있어야 함

3. 제품은 본래의 목적보다는 엉뚱한 방향으로 쓰이는 경우가 허다하니 주의를 요함

4. 가끔 제품의 사용자와 구매인이 뒤바뀌거나 사용자가 제품의 용처를 잃어버리는 경우도 있음

【기타】

제품의 성능과 용도에 따른 감동은 다시 사용자에게 되돌

아가므로 제품의 관리에 만전을 기해 주십시오 가끔 본체와 리모컨이 따로 놀거나 위치에 따라 불감증을 유발하기도 하나 그렇다고 제품에 이상이 있는 것은 아니니 안심하고 사용하십시오

다시 쓰는 별주부전

　　세상사 다 '간'이란 '통'에서 나왔다는 이가 있다 그는 '책 읽는 바보', 간서치라 불렸다 즉 시전에 함부로 간을 내놓지 않았다는 뜻이다 그가 오건을 쓰고 '해어도' 평문의 서두를 꺼낸 어느 가을날 저녁, 명민한 토끼 한 마리가 쫑긋 그림 속에서 튀어나왔다 거기 용궁에는 싱싱한 간을 찾는 힘센 자라가 있는데, 그런 간은 여기에 있다며 꾀어 왔단다 그때 쪽창이 화안하더니 노을이 빠지며 기우숙한 그림자를 드리웠다 그는 정갈한 자리끼 사발에 푸른 소금을 뿌려 휘이휘이 주문을 외웠다 그러자 작은 자라가 코를 킁킁 들이밀더니 물그릇 한가운데로 들어앉았다 머리가 마치 남근같이 발기하였으므로, 재빨리 다른 문맥에 덧붙여 적었다 또 한편에서는 전복이 앙큼당큼 기어 와서는 주억대는 자라의 목을 넙죽 사타구니에 받아 넣으니 더욱 기이하였다 토끼가 놀라 도망갈까 봐 급히 행간에 잡아 놓고 말하였다 "일을 다 끝냈다. 토끼의 간정에 놀아났는데, 자라와 전복의 서사가 통했구나!" 그는 '간통'이란 말이 예서 나왔다는 문장을 완성하고는 쟁그렁 붓을 던졌다

잠자리 부부 중계석

잠자리 두 마리가 날개 살포시 접고
남아공 월드컵 중계석에 앉아 있다
한 마리가 뜨악한 고개 주억거리며
이리저리 온몸 붉게 타오른 듯
몸소 태생적 습관 즐기고 있다
또 한 마리는 살아 숨쉬는 자블라니와
선수들의 발기술에 초점을 맞추고
휘휘 붉은 혀를 내두르는 중이다

아무래도 정직한 공격은 위험하다며
잠자리 한 마리가 날개 펼쳐 든다
여기저기서 푸른 피를 수혈한 잠자리도
좌우측 열린 모서리로 치고 나가야
한순간 크로스 찔러줄 수 있다는 듯
푸륵푸륵 까칠한 절정의 입질로
제공권의 중요성을 설파하고 있다

때론 불온한 지상 공격의 정신도
단 한 번의 역습에 뻥 뚫리지 않았던가
종종 헛다리 자주 짚다 보면

가랑이로 알을 빠뜨리기 십상인 법
상대편 잠자리들의 고공비행은
사람들의 웃음과 비명마저 벗어던질 듯
실책의 그물망 드리우고 있다

구장을 물들인 형형색색 손사래들은
엄한 거미의 호각 소리에 의해
이제 곧 침묵의 난장으로 뒤바뀔 것이다
잠자리들은 그들의 세레모니에 따라
철렁, 황금알의 정신을 분배할 것이다
부부젤라의 가파른 아우성으로
모두 골이란 거미줄에 걸려들 것이다

질과 입에 얽힌 관계의 맹점

비디오로 감상한 영화 「권태」[*]의 한 장면에 사로잡혀 멍,
하니 천장을 올려다보다 설풋 잠에 빠졌나 보다 달디단 꿈결
속을 허우적대다가 여성의 질에도 표정이 있다는 대사에 경
직된 내 얇은 귀가 떨어져 내렸다 고흐는 귀를 집어 들며 자
기가 왜 귀를 잘랐는지 아느냐고 묻는다 실상보다는 오독에
허구보다는 난독에 우선하는 게 생이라고 넌지시 말한다 성
기의 사유에서 벗어나면 더 큰 세계의 목마름에 닿을 수 있
다는 뜻이다

다리를 벌리고 누워 있으면 입보다 성기의 표정이 더 풍부
한 여자, 이름보다 성기의 표정을 얻은 여자의 권태는 프로이
트를 조롱한다 욕망과 철학이 맺고 있는 무관한 관계의 패설
이라니! 그러나 관객들은 누가 뭐라 해도 남성 중심의 섹스 환
타지에 걸려든 감동의 오류를 읽는다

관찰을 통해 성기의 수직선이 입의 수평선보다 훨씬 더 풍
부하게 자기를 표현할 수 있다는 사실을, 개인의 성격을 드러
내는 얼굴과 똑같이 심리적으로 완전하게 자신을 표현할 수
있다는 것을 알아내고는 놀라지 않을 수 없었다[**]

>

    혹자의 성직자들은 고흐가 귀를 자른 이유로써 목사가 되기 위한 그의 이력을 들춘다 비탄과 고독의 겟세마네 동산***에서 예수를 잡으러 왔던 말코스의 귀가 베드로에게 잘린 데에 맹점을 찍는다 더구나 말코스의 귀를 치료해 준 당사자가 예수였기 때문에 고흐는 자신의 비참하고 외로운 처지를 말코스에 투사했다고 재단한다 따라서 자신을 구원해 주실 분은 오로지 예수뿐이라고 생각했다고 입을 맞추지만 과연 그럴까?

    그렇다고 고흐의 붓질이 수평선에 초점을 맞추다 보니 덜렁덜렁 매달린 귀를 잘랐다고 쓰는 것은 오류다 질의 수직선과 같이 살아있는 그림의 표정을 얻고 싶었다고 유추하는 것은 더 큰 의도의 오류다 누구도 질과 입의 관계, 그림과 정신의 관계, 나아가 성기와 표정의 질감에 대한 영성의 말씀을 전할 것 같아 여기에 간략히 부기한다 따라서 이 글과 대면한 이라면 필히 일독하여 자신의 지표로 삼으라고 간곡히 권하는 바이다

● 세드릭 칸 감독의 1998년 개봉 영화.
●● 영화의 바탕이 된 알베르토 모라비아의 소설 「권태」의 한 부분.
●●● 요한계시록 18장 10절, 마태복음 26장 52절, 말라기 14장 47절, 누가복음 22장 51절 참조.

엘리베이터 엘리게이터

그가 주말마다 엘리베이터 갈아타면서
붉은 악어백을 잃어버렸다
그렇게 줄줄 달력의 버튼 누르며
수평 하강을 반복하는 동안
한 장씩 드르륵 뜯겨져 나가는
스프링 바퀴의 궤적을 염탐할 것이다

늪지의 낌새가 수상해지는 사이
늙은 여름이 불쑥 끼어들기 시작했다
지방선거에 몸살 앓던 유월은
앞에 두 칸 뒤에 세 칸
달의 공석으로 남겨 둘 것이다
새파란 살부의 음기가 깔려 있으므로

그는 태양의 시절이 그리웠다던가
사슴과 오리, 거북에 따라
제 방식대로 이빨을 드러내곤 했다
한때 수직 상승을 꿈꾸었지만
매달 마지막 날이 되어서야
최고라는 1의 지분을 행사할 것이다

>
그는 다음 달 말일로 예정된 공개 담화에서
빛살의 가닥을 잡을 것이다
악어의 틈입자로 살아남을 것이다
그는 구름의 층운 넘나들다가
다시 일식의 제단을 건드릴 기세다
그것이야말로 맛있는 잔치라고

그가 달력에 들인 서른 개의 방
코와 귀에 깃든 감성의 버튼에 맞춰
태양의 조감도 펼쳐 들고 있다
나날이 엘리베이터가 오작동을 일으키는
참으로 붉디붉은 날이다
그는 오랜 만에 게으른 하품을 팔았다

아이나비 속으로

당신이 아이나비를 구매한 걸 환영합니다 그런데 다, 당신은 누구요? 그건 아실 필요가 없어요 실상은 나도 내가 누구인지 모르니까요 우선 여기 나비의 날개에 날인을 하십시오 이 환영의 무늬가 당신의 몸에 새겨진다면 어떤 별이든 여행이 가능할 것입니다 자! 보세요 그가 호주머니에서 나비 한 마리를 꺼내 날리자 회색의 허공에 거대한 영상이 나타났다 지금 당신은 차를 몰고 급히 어디론가 가고 있군요 10분 뒤로 화면을 돌려 보겠습니다 저런! 차가 눈길에 미끄러져 벼랑 아래서 불타 버렸군요 저건 제 40년 전의 사회 초년병 시절이잖아요 그렇습니다 당신은 그때 죽었습니다 그런데 제 머릿속에는 초등학교 딸과 아들을 키웠던 기억이 있습니다 그건 당신 몸속을 휘젓던 나비가 그리 믿고 싶던 이미지에 불과하지요 그렇다면 현재의 나는 누구인가요?

그가 다시 셔츠 윗주머니에서 나비 한 마리를 꺼내 날리자 화면에는 또 다른 내가 잡혔다 노파는 혼자 밭은기침 내뱉으며 시를 쓰고 있었는데, 주위에는 아무도 없었다 다들 어디로 간 거지요? 당신은 원래부터 혼자였습니다 아, 아니요! 나에게는 분명 아내가 있었습니다 그건 당신의 나비가 잠시 지구에 빨대를 꽂았을 때의 일이지요 그, 그럴 리가요 난 누구인가요? 실상은 저도 잘 모릅니다 삼류 무명 시인이었다는 기록밖엔 없군요 이제 다시 당신의 별로 가야 할 시간입니다 시, 싫어요! 다만 싫다고 거부할 수 없는 게 시간이란 걸 아직 모르셨군요 그럼 부디 안녕히 가십시오 당신이 고독해서 죽고 싶을 때 잠시 접속하는 별이 바로 이 아이나비의 세계입니다 그가 나비 떼의 군무에 휘감겨 사라지는 순간 어디선가 예수는 아직 태어나지도 않았다며 투덜대는 소리가 들려왔다

노파는 수많은 나비들이 왜 팔락팔락 흩어졌는지 가늠할 수 없었지만, 그보다 두려운 건 이제 자신이 아이나비의 궤도에서 떨어져 나왔다는 사실이었다

명검의 사회학

천 번을 접힌 칼로써
가자!
때가 왔다
포기할
생각 마라
승리는
우리의 것이다!
하찮은 무기를 봐라
반드시 승리한다
적들은
멍청이다
제군들 모두가
살아남을 수 있다
도망치는 자는
용서치 않겠다!
영웅이 되고 싶은 자!
용서치 않겠다!
도망치는 자는
살아남을 수 있다
제군들 모두가

멍청이다
적들은
반드시 승리한다
하찮은 무기를 봐라
우리의 것이다!
승리는
생각 마라!
포기할
때가 왔다
가자!
천 번을 접힌 칼로써
용서치 않겠다!
는
그의 방향은?

오래된 거울
—「은교」* 속으로

오래된 반닫이 속에 감춰둔 시가 은교였다면 문학동네로
꺼내 든 소설은 이적요였다 은교가 늙어 뭉뚝한 연필들을 깎
아 주고 싶었다면 학교로 질러 들어가지 못한 뾰족한 연필은
슬펐다 간지르르 터지는 은교의 웃음과 억지로 날리는 냉소
사이엔 통점이 찍혀 있다 초로록 시든 성기를 지나치던 거
울이

젊은 날에 멈추었다면
그리하여 너와 나 사이에 아무런 터부도 없었다면
너를 만난 후
나는 아마 시를 더 이상 쓰지 않았을 것**이라며

하르르 은교의 얼굴을 비추다가는 벼랑 아래로 굴러 떨어
진 것이다 그가 늙은 뒤란에서 싱싱한 감성의 구근을 찾았다
면 은교는 너의 발뒤꿈치 깎는 푸르른 날이 그리웠으리라 한
꺼번에 공장에서 만든 거울이 모두 똑같다면 그 분위기 온
도 습도, 나아가서는 심장의 파동까지 표절의 범주에 든다
는 태도였다

너희 젊음이 감성의 파문으로 쓴 시가 아니듯 나의 늙음도

인연의 거울에 비친 소설이 아니었다[***]

● 2012년 개봉한 정지우 감독의 영화.
●● 박범신의 원작 소설 부분.
●●● 영화에 나온 대사 패러디.

투명한 극지

남극의 로스빙상으로부터 들려오는 늑대의 소리를 들어 봐요
눈사태로 흘러내린 거대한 암흑의 시간을 지나
시푸른 바다 위를 둥둥 떠다니는 빙붕의 소리를 들어 봐요
사람들이 지상의 설원에서 난파한 얼음에 떠밀렸는지
크레바스의 행간을 따라 탁상형 빙산으로 운집하고 있어요
소름끼치도록 푸른 기척으로 남은 황량한 눈밭에서
노랗게 비틀린 나바호족의 신화가 첫 장을 펼치고 있어요
차디찬 빙하의 사막을 가르며 날아오른 파리의 소리
사람들의 어깨 위에 앉아 위독한 사생활을 타전하고 있어요
귓가에서 파랑파랑 파르릉 무너져 내리는 빙산의 고독과
나침반이 가리키는 바람의 일대기를 탁본하고 있어요
사막이 모래의 기억에 바스라져 회오의 일갈에 든다면
극지는 눈발의 문장으로 남아 투명한 지느러미 키우고 있어요
쩍쩍 빙진의 파장이 잦아들 때쯤 사람들은 주문에 걸려요
나바호들은 그 파리를 '작은 파도'라 믿고 섬기며
남극의 로스빙상으로부터 들려오는 혼미한 소리 받아 적어요
그들의 영혼이 처음으로 발을 디딘 극지, 루스빙하
가장 성스러운 얼음의 행간을 오독하며 책을 덮어요
여기에는 도무지 따뜻한 생명의 기척이라곤 없어요
누군가 멀리 스키를 타고 험한 빙산을 미끄러져 내려갈 때

크레바스 지대를 뒤덮은 설원 위에 찍힌 발자국 하나
그 발자국은 매킨리 산에서 내려와 얼음 절벽을 거쳐
멀고 먼 북극점을 향해 뻗친 난독의 길을 가요
바위와 얼음으로 뒤덮인 밤마다 홀로 꺼내 읽는 무기질의 책
늑대의 발자국을 따라 혼돈의 시간 저편으로 사라진
남극의 로스빙상으로부터 들려오는 아득한 소리를 읽어 봐요

난해한 주파수

그는 캔버스에 깔린 농담의 낙차에 따라 잡음을 낸다 회화가 사람을 죽이는 마약 가운데 하나라고 주장하는 그의 허풍은 질기다 그 음성은 대개 주파수와 스펙트럼 성분의 세기를 시간의 함수로 표시한다 이젤과 붓의 관계도 마찬가지다 그래서 나는 붓칼로 화판을 찢어발기는 오나니를 즐긴다 나도 빨리 죽기는 남들만큼이나 싫은 모양이다 그림을 그리는 사람은 감상자의 고민과 유통에 지나치게 예민한 법이다 귀가 여린 경우라면 그는 조만간 죽음의 유희에 포봉된 액자소설을 완성할 것이다

그는 캔버스와 트러블을 일으킨 물감에 따라 난청에 시달린다 회화란 자신을 관찰하면서 발성자를 인식하는 음문이기 때문이다

다운타운 증후군

이 도시의 심장부에 산을 주저앉히고 싶다면, 당신에게 매달린 말씀보다 자신이 상상한 이미지를 살리고 싶다면, 완벽한 탈고의 글은 전송과 동시에 오류투성이로 뒤바뀌리라 시가 생명을 낳고 산이 주검을 낳았다면, 예수가 십자가에 매달려 맨발을 들어 보인다면, 패설을 거느린 TV 경전에 빠지고 싶다 눈을 뜨면 언어가 없고 영성을 얻으면 세계가 정지하리라 붓다의 모순율을 뒤집고 싶다면, 지독한 권태에 시달리던 그가 여자로 거세된 궁금증을 풀고 싶다면, 종내 구하지 못한 말씀은 이제 막 도착한 누군가의 새 시집을 펼치자마자 눈에 띄리라 무량한 폐허가 이룩한 산이라면, 당신을 떠받드는 자보다 자기를 비하하는 도심에 든다면, 신은 자기를 헐뜯는 그들의 악취미까지 자신의 권세라 믿으리라

어느 날인가는 인터넷 검색 도중 동영상의 한 장면이 결정이 되는 사태가 벌어졌다 OFF 버튼을 아무리 누르고 눌러도 그는 요지부동 꿈쩍도 하지 않았다 한순간에 사로잡혀 다시 허물어지지 않는 다운타운이었다

제4부

감성의 돔을 짓다

백제 태생으로 감성의 돔을 짓던 그들은 도미과에 속한다고 구전된다 도미가 의에 따른다면 그의 아내는 예의 도리를 섬기는 싱싱한 족속이다 암수한몸의 예의를 갖추고 불의에 강한 내성의 도리를 섭렵한다 시절이 하 배째실려고그런 개로의 도마 위인지라 후드닥 엄호의 눈초리를 추킨다 시푸른 파적의 포말에 맞서 성전환을 꾀하는 그들은 양성성의 소유자다 보통 수심이 깊은 모랫바닥에 기숙하지만 암초 지역, 나아가 기수에까지 올라온 적도 있다 초년에는 무리를 짓다가 사춘기를 거치면 군집을 이룬다 암수 서로 배째실라고그러는 시국에서 살아남으려는 방편이다 도미는 난생설화를 전하며 수컷의 정소를 얻는다 바닥 치는 생활을 풍미하는 바다의 바닥이다 바야흐로 성신의 궁에서 무럭무럭 난세포가 자라리라 뻘뻘 기는 도미는 돔의 도우미다 개로는 도미가 아내인지 도미가 도우민지 돔이 도마인지 도미의 돔에 빠져 허우적댄다 어떤 도미의 눈알이라도 후벼 파고 배째실라고그러는 괴로운 개로의 시절이다 이러구러는 사이 도미의 몸이 양성화를 꾀한다 백제 태생인 도미란 감성의 돔이 통일의 빛을 난반사한다 성년식을 치르면 그들은 암컷, 수컷의 유전자를 제가끔 첩지한다 분만기는 4월 초부터 6월 중순이며 곤충의 유충, 다모류, 극피동물, 조개류 따위를 즐겨 먹는다 배째실라고그런 개로의 도마

에서 푸드닥 튕겨져 나온다 백제 신라 고구려 등지를 전전하
다 도미했다고 회자되나 그 이후의 삶은 여기에 적지 않는다

오징어 링을 찾아서

그의 눈은 항시 툭, 떨어져 나갈 단추 같아서
제 몸의 중심에 매달아 놓았나 봐
그런데 머리와 다리를 나눈 기준은 뭐야
움직이고 있었으나 앞뒤가 없는 것들
언제부터 저 눈에 밀랍 같은 각질이 생겼을까

공원에 나갔더니 누군가 양팔로 링을 붙잡고는
매우 노련하게 빙글빙글 돌고 있는 거야
그날 저녁 나는 오랜 만에 그녀와 만나
막소주 1병에 통오징어찜 한 접시를 주문했어
가위를 든 종업원이 찜을 모로 자르자
그의 몸에서 줄줄이 둥근 링이 쏟아졌어

그녀와 커플링을 맞춘 게 아마 그 밤이었을 거야
그의 검은 눈은 늘 랍비의 율법 같아서
기어이 떼 내어 버릴 작심을 했다지 뭐야
친친 수족관을 오가는 저 무연한 눈빛
급기야 바깥을 탐하는 그의 먹빛 울음을 보았어

어느 날은 외투의 가운데 단추가 떨어져 나가

손으로 주워 보니 단추의 눈이 깨졌지 뭐야
몸이란 한낱 빗줄기에 우산을 펼치는 일과 같아서
그의 텅 빈 내장을 골똘히 들여다보았어
오늘은 지나간 계절의 옷가지 뒤적이다
그의 툭, 불거진 눈을 내게 끼워 보기로 작정했어

그의 날렵한 유선형의 목이 잘린다는 소문에
시계가 흐려진 그들은 집어등 빛에 발광했다지 뭐야
늘 선후 맥락 오목조목 따지는 그녀에게서
세계체조선수권 링 종목으로 채널 돌린 게
그녀가 나를 단념한 바로 그 무렵이었을 거야

카르멘*의 자유를 사랑하십니까?

선생님께서 당신의 바른 처신이 틀렸다고 주장할 때 그 의견에 수긍한다면, 당신의 운명이 무엇에 달려 있느냐는 질문에 존재라는 속박에 처해 있다고 대답하리라 당신이 "밀수입자의 삶이 군인의 삶보다 더 마음에 든다"고 한 돈 호세의 고백을 이해하는 아량을 보인다면, 자국에 불안한 쿠데타의 조짐이 보인다고 할 때 당신은 사태가 잠잠해지기만을 기다리는 복지부동의 처세를 선호하리라

당신에게 자유의 의미가 무엇이냐는 질문을 받았을 때 단순히 법에 의해 제한을 받는 것이라 판단한다면, 휴가 때 당신은 무엇을 하고 싶냐는 질문에는 애인과 호텔에서 보내고 싶다고 대답하리라 직장 상사가 오후 3시 이전에 들어오라는 조건으로 외출을 허락할 때 적어도 30분 이상 더 시간을 얻어 내는 당신이라면, 1848년 프랑스 혁명 때 알베르라는 농부가 "자유가 아니면 죽음을 달라!"는 말에 대해 그는 다만 광적으로 흥분한 사람에 불과하다고 치부하리라

그렇다면 다음의 세 가지 직업의 범주 중에서 당신을 가장 유혹하는 것은 무엇일까? A. 자유전문직(의사, 변호사 등) B. 장인(기술직) C. 관리(공무원) 중에서 C에 해당하는 사람

이라면, 카르멘과 돈 호세와의 사랑이 파국의 책으로 접힐 것
이라 짐작했으리라 나아가 당신은 지금 카르멘의 자유에 대한
비타협적인 기질이 죽음을 선택하도록 이끌었던 것에 대해 혀
를 끌끌 차는 눈짓을 보내고 있으리라

● 프랑스 작가 프로스페르 메리메의 소설이자 주인공 이름.

매미의 계절

참나무는 가지 그늘마다
조무래기들 불러 모아
씨익 씨이이이익—
땡볕 신문 읽어 주다가
약약강 중간약강—
날렵한 지휘봉 휘저으며
자기 대신 울게 한다

여름 정국이 떠들썩하다

소금의 유혹

소금의 유혹은 부드럽다 누구든 저절로 손이 간다 변죽을 울리는 법이 없다 간간 소금의 집착은 질기다 수제비 반죽에 섞이기 십상이다 저희끼리 돌돌 뭉쳐 놓는다 간간 소금은 이기적이다 어물쩡 영생의 말씀을 덧붙인다 제가끔 목줄에서 떼고 싶은 견고한 상징이다 간간 소금은 힘이 세다 맑은 핏줄에도 압력을 넣는다 세상의 둥근 식탁을 차지하고 싶다 간간 소금은 잔혹하다 허튼 부패의 수작에 강하다 모난 성깔 주저앉히기 십상이다 간간 소금은 엄격하다 어물전 생선의 간수로 산다 푸른 주검의 무늬까지 아로새긴다 간간 소금의 허방은 깊다 맵짠 상처의 눈물을 낳는다 바람에 닿는 순간 파르락 눈을 뒤집는다 간간 소금의 결정은 빛난다 누구의 영성이든 하얗게 말려 비틀고 싶다

New-sugar 뉴스입니다

　한바탕 뉴수가* 판을 벌이며 북악산에 소리꾼이 등장했다 당 차원의 처방전에는 입맛을 바꾸라는 의사 표현이 난무했다 그가 일용할 양식을 적는 동안 요의를 느낀 사람들은 저마다의 당에 적을 두었다 불타는 목젖에 걸린 알약들은 지하철 3호선 계단에서 나동그라졌다 망가질 확률이 지식에 비례한다는 듯 열혈로 뭉친 당원들은 도처에서 제 이름값을 알리느라 분주했다 관저에서는 당의 수치에 따라 안국역에도 닿지 않는 최초의 만찬을 준비했다 종종 불순한 판에 끼지 말라는 경고성 문건을 날리기도 했다 한때의 명창이 목을 잘라 뗄까 고민하는 사이 금융지주회사법이 국회를 통과했다는 자막이 떴다 소리꾼들이 뉴수가 치는 당에는 식이요법에 능란한 잡배들이 속속 몰려들었다 고난 주간에도 살아야 했으므로, 지하철 5호선은 광화문을 지나 무사히 의사당에 도착했다 각종 채널과 잡지에선 치정의 가능성에 빠진 붉은 사안들이 빗발쳤다 당은 부작용에 따라 적임자를 경질하고 즉각 비적임자를 소리꾼으로 선임했다는 의사를 전달했다

　적어도 그때는 어떤 방송이나 신문의 판에서라도 제가끔 방임했던 자신의 의사가 개입하여 당의 누수 현상을 야기한다는 풍문을 몰랐던 것이다

● 오뚜기 식품에서 사카린 첨가물로 만든 감미제.

선장힐책(禪杖詰責)

　한양의 개신교 장로인 제후가 수로 사업에 부심하다가 불가의 종단을 방문했다 그가 방문한 사찰의 주지는 신비로운 행적과 도력으로 세간에 널리 알려진 선사였다 스님이 그와 면대하기 위해 암자 별당에 들자 주위의 노승은 물론 고위급 관료들까지 모두 기립했다 그 가운데 제후만은 그 자리에 턱 버틴 채로 스님을 맞이했다 이를 본 스님은 너털웃음을 날리면서 "그대는 나에게 무얼 부탁하러 와서도 왜 서지 않는 게요?"라고 물었다 그러자 그 제후는 눈을 지그시 감은 채 "물길에 서는 것은 죽는 것이며, 물길에 죽는 것이 사는 일입니다" 하고 선문답 한 소식 던지는 것이었다 이에 스님은 당간지주 옆에 세워 둔 선장을 집어 들더니, 제후의 머리를 힘껏 내리쳤다 그 순간 제후는 "아니 왜 이러시는 겁니까?" 하고 버럭 주먹이라도 들이댈 기세였다 그러나 스님은 엷은 미소를 지으며 "그대를 때리는 것은 지팡이였지만, 지팡이는 원래가 때리는 게 아니지요 예수님께서도 크고자 하면 남의 말씀을 섬기라고 하지 않으셨던가요?" 하고 능연히 화답하며 자리를 뜨는 것이었다

　아무도 이 일화를 기록하지 않으므로 시로써 지어 남긴다 저간의 사정에 따라 스님과 제후의 함자는 여기에 밝히지 않는다

부류별 처세법

삼류가 멋스러운 입성으로 행사장에 나오면 바람둥이라 여기고 추레한 차림이면 더럽게 게으른 놈이라 하대한다 이류가 자기를 칭찬하면 사람 보는 안목이 예리하다 믿지만 비판을 일삼으면 쓸모없는 놈이라고 무시하기 십상이다 자신이 원하는 걸 모두 들어주는 삼류는 역이용하고 자신의 요구 사항을 하나라도 들어주지 않는 이류는 뭘 모르는 인간이라 홀대하리라 일류가 자신의 요구를 묵살할 때는 뭘 서운하게 했나를 되짚어 보지만 삼류가 소식을 전하면 그를 지겨운 놈이라고 오판하기 때문이다 종종 이류가 격조한 관계를 유지할 때는 자기를 배반했다 비난하고 전갈을 끊는 일류에게는 뭔가 바쁜 일이 있다고 예단한다 나아가 약속 시간에 30분 늦는 일류에게는 먼저 나서서 바쁜 핑계를 대 주고 이류가 제시간에 당도하면 자신도 지금 막 도착했다고 눙치리라 삼류에게서 자신을 기다리게 만드는 오르가즘을 일삼기 때문이다 이류가 만난 지 며칠 만에 친밀감을 표현하면 건방진 놈 취급하고 삼류가 호감의 표현을 미루면 그 저의를 의심한다 말을 붙이는 일류에게는 기꺼이 침묵의 미덕을 베풀지만 이류가 말하고 있으면 제발 어서 자기의 얘기에 귀 기울여 주길 바라기 십상이다 그러나 삼류가 말을 꺼낼라치면 잠깐만요, 하며 서둘러 자리를 뜨며 발신자 불명의 전갈을 보내오는 당신은 대체 어떤 부류에 속하는지 알고는 있는지요?

영화는 범죄의 형식이다

―「범죄와의 전쟁」[*] 속으로

나쁜 향일성 조직의 뿌리가 영화란 화분에 담겨졌다 그들의 기표는 각각 '깡패'와 '세관 공무원', 그리고 '검사'였다 80년대 군부가 '범죄와의 전쟁'을 선포하자 그들은 곰곰 족보를 펼쳐 보았다 먼저 조직의 보스인 '형배'가 말의 촉을 디밀었다 "대부님! 이 부산 바닥에서 주먹으론 지가 최곱니더 이게 없다면 우린 죽을지도 모릅니더" 그러나 비리 세관 공무원 '익현'이 근심스런 방아쇠를 당겼다 "난 여기서 주먹보다 더 무서운 족벌의 말을 빌리 볼끼다" 마지막으로 악질 검사 '범석'까지 또랑한 낭심을 걷어찼다 "너희들은 내가 깡패라고 하면 그냥 깡패인 거야 나는 다만 나를 주관하시는 분의 능력에 따라 구형을 내릴 뿐야!" 이렇게 각자의 방식으로 나와바리를 넓혀 가던 어느 날, 제멋대로 부푼 말의 망울이 터졌는지 몽롱한 향기가 떠돌았다 그때 빈 총을 든 '익현'이 '형배'와 마지막 드잡이를 끝낸 뒤 소리쳤다 "아! 씨바― 이깄다 내가 이깄어!"[**] 그러나 '형배'와 '범석'은 엉킨 나무의 뿌리를 들추어낼까 두려웠는지 몸을 바짝 움츠릴 뿐 대답이 없었다

푸르르 영화 밖으로 줄기를 뻗어 나온 '익현'은 '민식'이란 내용으로 시사회에 참석했다 그리곤 얼마쯤 지난 뒤였을까 뿌리가 햇살의 전언에 따라 화려한 꽃의 형식을 빌린 날, 그는

토크 법정에서 빈 총으로는 죽일 말이 없었으므로 죽을 힘을
다해 싸웠다고 진술했다

● 윤종빈 감독의 최근 개봉 영화.
●● 실제 영화의 대사.

늑대의 비밀

나는 지금 따뜻한 이불 속에 있습니다 오늘은 일요일이고 장대비가 내린다면 나는 숲속의 비밀이 궁금하여 견디지 못할 지경에 이를 것입니다 나는 요가나 달리기에 비해 자동차 경주를 좋아하지만, 캄캄한 밤과 컴퓨터 게임보다는 야채샐러드를 싫어하는 경향이 우세한 종입니다 누군가가 고양이에 대해 말했다면 나는 야릇한 수염이나 방울 소리보다는 다만 무섭다는 생각에 사로잡힐 것입니다 나는 지금 따뜻한 이불 속에 있습니다 오늘은 일요일이고 빗발이 점점 굵어지기 시작했습니다 이때 누군가가 문을 두드린다면, 그가 숲속으로 사냥을 떠나자는 친구라면 더더욱 좋겠다는 편향증에 시달립니다 누가 회색 쥐에 대해 왈가왈부한다면 시큰둥한 태도를 취하기 십상입니다 나는 노랑이나 파란색보다는 검은색을 좋아하는 배반적 질서를 탐하는 탓입니다 나는 내년에도 애지적 갈증보다는 세계 산악자전거대회에 참가하는 아슬한 꿈을 꾸며 늙어 갈 요량입니다

나는 가족 지향형의 바다표범이나 철학자형 코끼리보다는 분명히 늑대입니다 명민한 머리 회전과 대담성을 보면 곧바로 확인됩니다 나는 정글에서처럼 세상에서도 자신에 반대하는 세력들에게 도전하는 노력형 강골입니다 게다가 나는 이

웃들에게 친절하면서도 야망이 큰 까닭에 늘 외로운 처지입니다 누구보다 현실의식이 강하지만, 때로는 지나친 모험을 탐하다가 비난의 표적이 되기도 하는 나는 우우— 한 마리 늑대입니다

오늘 저녁엔 뭘 먹을까?

〈프롤로그〉

오늘 저녁은 뭘 먹을까? 마음먹은 만큼 행복해진다 기름에 튀기지 않고 오븐에 구운 굽네치킨! 지금은 소녀시대 오늘은 굽네시대 학교 교회 회식 식도락가 예약 대환영!! 제품 구매 시 오픈 기념으로 가죽 홀더 시계를 드립니다 당신의 시간을 여기로 맞추세요!!!

➡ 굽네치킨 시식 메뉴 ⬇

01 굽네치킨 ₩13,000

시즈닝된 모 대학 K교수를 잘 숙성시켜 오리지날로 굽네! 닭의 고유한 맛을 풍부하게 즐길 수 있도록 전 J장관을 알맞게 컷팅하여 구운 제일 야당의 대표 메뉴!

02 굽네핫치킨 ₩14,000

화끈하면서도 알싸한 치세의 맛과 부드럽게 수수한 향응의 맛을 동시에 느낄 수 있는 No 정권의 감동 메뉴! 한번 드셔 보시면 매운 맛의 깊이에 몸서리를 칠 것입니다!

03 쌀베이크치킨 ₩14,000

갖은 양념에 쌀가루를 첨가하여 건강뿐 아니라 바삭바삭한 맛을 느낄 수 있는 요정 K의 야심찬 웰빙 메뉴! 피격 여왕의 몸매와 눈짓을 경험하실 수 있을 것입니다!

04 굽네통날개 ₩15,000

새의 상징인 닭 날개, 콘드로이친 황산과 콜라겐 성분이 함유된 LMB 일품 메뉴! 톡톡 튀는 독특한 시즈닝과 아슬한 밀어붙이기 식의 절묘한 조화가 단연 특미입니다!

◼ 굽네치킨 시식 결과 ◼

제품 구매하는 즉시 너희들은 '대표 메뉴, 감동 메뉴, 웰빙 메뉴, 일품 메뉴'라는 사지선다형에 빠져 허우적댈 것이다 이 치킨점에 들어선 이상 누구라도 제일 야당에서 컷팅된 J, 쫄깃한 치세의 단맛과 향응의 매운맛에 데인 No, 피겨 여왕으로 바사바삭 맛있게 튀겨진 K, 닭의 상징인 날개를 단 LMB 가운데 한 종으로 남으리라

〈에필로그〉

내일 저녁은 뭘 먹을까? 마음먹힌 만큼 불행해진다 굽다가 굶는 일이 빈발한다 결코 굽네 굶네 하지 마라 당신이 먹는 만큼 굽거나 튀겨지는 일이 도처에 산재하기 때문이다 당신들이 낭창하게 뻗어 나간 꿩의 날개 대신 닭의 날개를 즐기기 때문이다

방귀를 읽다

사우나탕에다 방귀 뀌고 그 거품 깨무는 자가 마조히스트라면 소심한 성직자는 제 방귀 소리에 놀라 펄쩍 뛰다가 말씀의 뚜껑 열어젖히리라 방귀 뀌려다가 지린 자가 비평가라면 불행한 혁명가는 몇 시간이나 참다 새어 버린 자신의 방귀가 남의 방귀와 섞이는 미궁에 봉착하리라 여자가 방귀 뀐다고 투덜대는 자가 시대 파악을 못한 사회부 기자라면 실망스러운 정치가는 무색의 방귀를 뀌다가 남의 방귀 냄새로는 점심 메뉴까지 알아맞히리라 요란한 방귀를 뀌고도 자지러지게 웃는 자가 독재자라면 정직한 학자는 방귀의 의학적 소신을 운운하다가 마침내는 타인에게서 냄새의 출처를 구하리라 남의 허락을 얻고 은밀한 장소에서 방귀 뀌는 자가 신학도라면 반사회적 시인은 방귀를 뀐 뒤 슬퍼 울다가 다른 이의 방귀조차 극구 자기 냄새라고 우기리라 방귀를 조금씩 분산하는 자가 기업가라면 음험한 전략가는 너털웃음에 묻힌 방귀가 누구의 공작인지 알아본다며 코를 킁킁대리라 잠자리에서 방귀 뀌고 이불을 끌어당기는 자가 권력자라면 비열한 사디스트는 방귀를 뀌고 난 직후 발을 들어 이불을 펄럭이리라 그리고는 급기야 대기 오염을 걱정하며 전업 환경운동가로의 투신을 꾀하리라

똑똑하다

Knock* 소리가 들리거든 당장 일어나라 누구라도 지금은 편히 앉아 있을 때가 아니다 안사람이 깊은 사색에 잠겨 있는 동안 바깥사람은 사색이 되어 간다 절대 Knuck** 놓고 볼 일 보지 마라 내가 밀어내기에 힘쓰는 동안 그는 끌어당기느라 골몰한다 단단한 두개골을 두드려 본 적 있는 사람이라면, 파열음 'K'자가 왜 묵음에 빠졌는지 알게 되리라 신은 인간에게 '똑똑'할 수 있는 능력을 주셨기 때문이다 신도가 똑똑했으므로 목사도 똑똑했다

문밖의 신은 인간이 '똑똑'하자 어쩔 줄 몰라 허둥댔다

●두드리다.
●●주먹이나 손가락 관절.

환은유의 연쇄, 세속적 시의 탄생

손남훈

1. 매니악한 세속의 언어 조립자

부품판에서 니퍼로 조심스럽게 부품들을 하나둘씩 떼어 내고, 떼어 낼 때 생긴 게이트 자국을 가는 사포로 조심스럽게 문질러 없앤다. 부품들은 크기가 모두 제각각이고 모양도 서로 다르기에, 각 부품들이 어느 위치에 어떤 기능으로 작동하게끔 설계되어 있는지를 미리 가늠하지 않는다면, 그것은 한낱 필요 없는 플라스틱 조각일 뿐이다. 하나씩 떼어 낸 부품들을 조립 설명서에 따라 서로 짝이 되도록 맞추어 조립하고, 그렇게 조립된 파츠를 다른 파츠와 조립하여 더 거대한 하나의 형체가 되게 할 때, 플라스틱 조각은 책상 한쪽에 근사하게 놓이게 될 장식품이 된다. 질료에서 형상으로 향하는 아리스토텔레스적 존재론의 세속화된 버전. 소위 '프라모델'이라 불리는 플라스틱 조립 모형은 그렇게 탄생한다.

강희안에게 언어는 한 편의 시를 완성하기 위한 작은 부품들이다. 각각의 부품들은 하나 이상의 짝들과 결합하며, 그렇게 결합된 짝은 또 다른 파츠들과 결합하여 하나의 행과 연, 나아가 시를 이룬다. 그러나 그것은 각 부분의 합이 전체가 되는, 궁극적으로 하나의 '완성품'으로 수렴되는 플라스틱 모형 조립 과정과 달리, 때로 하나 이상이자 미만이 되는 어떤 것이라는 점에서 차이가 있다. 팔이 붙어야 할 자리에 다리 파츠가 들러붙고, 다리가 붙어야 할 자리에 멋대로 머리 파츠가 우겨 붙기도 한다. 몸통 파츠를 다른 형식과 용도를 가진 모형이 되게도 하며, 팔·다리 파츠만으로 하나의 유기적 모형이라 우기며 장식장에 진열하기도 한다. 조립 설명서에 따르지 않고 오로지 독특한 상상력으로 매니악하게 프라모델(언어)을 조립하는 시인. 우리가 흔히 시에 붙여 두는 '서정'이라는 수사로부터, 가장 '정상적인 것'이라고 가정하는 시적인 '사유-이미지'(들뢰즈)들로부터 철저하게 거리를 둠으로써 나름의 모형, 나름의 시편들을 기괴하리만치 새롭게 우리의 책상 앞에 놓아두는, 언어를 "전횡"하는 시인. 강희안이라는 시인-언어 조립자로부터 우리가 만나는 시편은 그와 같이 초과와 미만 사이에서 길항하는 시적인 어떤 것들이다.

그 초과와 미만 사이의 길항을 필자는 '세속적'[1]이라는 형

---

1) 이 글에서는 아감벤의 분류에 따라 세속화(profanazione)와 환속화(secolarizzazione)를 엄격히 구분하고자 한다. 세속화는 신성화와 반대되는 것으로, 사용할 수 없고 분리되어 있었던 사물을 인간이 자유롭게 사용하도록 그 아우라를 제거하는 것, 곧 성스러운 것을 소홀한 것으로 바꿈으로써 소홀함의 특별한 형식이 지닌 가능성을 열어 두는 것이다. 이에 비해 환속화는 자신이 다루는 힘을 그저 한곳에서 다른 곳으로 옮기기만 함으로써 이 힘을 고스란히 내버려

용사로 바꾸어 부르고 싶다. 왜냐하면 그의 시는 뮤즈로부터 물려받은 언어의 신성한 권위를 부정하고, 기묘하게 조립할 수 있는 사물로서의 언어를 우리에게 제시함으로써 기존의 '시적인 것'과 결별하고 있기 때문이다. 그에게 시는 은폐된 신 (神)—존재에 의한 받아쓰기도 아니고, 초월로 향하는 존재 양식의 몸부림도 아니다. 그것들은 모두 서정의 신성성을 여전히 언어로 육화하고 있으며 배분되지 않은 감각을 추앙하도록 강요하는 이데올로기적 효과를 노정한다. 하지만 강희안의 시는 감각되지 않은, 감각하지 못했던 언어를 배분함으로써 감각의 세속화를 이끌어 내려 한다. 그것은 무수히 많은 서정들이 조율해 놓은 감각의 공리들에 비한다면 초과이거나 미만이다. 벼리고 다듬어 누구도 가 닿지 못하는 초극의 언어 대신, 존재 그 자체의 실재성을 지시하는 초과와 미만의 언어 전략이 그의 시를 서정으로부터 떼어 내고 있다.

2. 서정과 은유의 공모

그의 시는 우선, 독백적 발화로서의 시적 주체와 그 권위를 무너뜨리는 전략을 세움으로써 기존의 서정 양식으로부터 벗어나고자 한다.

두는 것이다. 환속화가 비동일성을 동일성으로 전이시키는 데 비해, 세속화는 동일성의 지향을 무화하는 지향점을 갖는다. 자세한 사정은 조르조 아감벤 저, 김상운 역, 『세속화 예찬—정치미학을 위한 10개의 노트』, 난장, 2010 참조.

지휘자가 날렵한 젓가락 휘젓는 동안에도 구불구불 몸을 풀지 않았다 그는, 뽀글뽀글 물방울의 기포를 터뜨리는 충동에 시달렸다 객석에서도, 불의 심장을 사사롭게 필사하면서 야채의 면면을 되살린 것이다 지은이는, 관심의 눈길 거두며 퉁퉁 불어 터진 험담을 늘어놓았다 그는, 꼬들꼬들 꼬드르르 물이 벗어 놓은 면발의 그림자나 데쳐 놓기 일쑤였다 독자들까지, 어슷어슷 파의 편린과 고추의 추궁에 달걀을 깨뜨린 것이다 지휘자는, 종종 타는 갈증에 잠겨 요리 뜯고 조리 찔러야 생생 끓어올랐다 그의 발가락은, 희고 길지만 음색은 굵고 까다로운 편이다 마침내 관객들도, 냄비의 파열음과 비등점까지 거들떠들 지나치고 말았다

고객과 관객, 그리고 저자까지 주방에서 나무젓가락을 찢자 시장의 틈새가 벌어지기 시작했다

—「맛있는 라면 조리법」 전문

이 시는 서로 다른 주어들을 서로 다른 상황에 의한 혼합된 발화로 배치함으로써 기존의 서정이 흔히 보여 주었던 서정적 화자의 권위를 무너뜨린다. 이는, '악단 지휘−글쓰기−라면 요리'라는 서로 다른 상황을 동일한 위상에 올려 두고 그 동일성 없는 속성들을 가쁜 쉼표로 이어 놓고 있는 데서 확인할 수 있다. 악단을 지휘하는 상황과 글쓰기, 라면의 조리 과정은 아무런 연관이 없음에도 쉼표 앞에 놓인 주어에 의해서 서로 연결되어 버린다. 즉 이 시의 주어들은 앞 문장의 주어

이기도 하거니와 동시에 뒤 문장의 주어이기도 한데, 주어의
위상만을 가졌을 뿐 어느 문장의 주어인지는 분명하지 않다.
그런데 그와 같은 애매한 주어는 폐기되어야 할 군더더기가
되지 않고 되레 문장과 문장, 상황과 상황을 연결하는 중심적
인 매개로 작동하고 있다. 서로 들러붙지 않을 것 같은 부품
들의 매니악한 조립 양태가 이 시에서 나타나고 있는 것이다.
상황과 사건의 인과관계나 유비적 추리, 시간적 경과가 이 시
의 진술을 가능하게 하는 것이 아니라 동일성 없는 주어들의
우연적인 개입이 문장들의 연쇄를 지지한다. 거기서 서정의
신성성은 휘발하고 공리의 구속에서 해방된 언어들이 시의
공간을 활보하기 시작한다. 미시물리학의 전자처럼 확률과
우연으로 존재하는 시, 서정적 화자에 의해 제어될 수 없는,
초과와 미만을 길항하는 시가 탄생한 것이다. 한때 탈속성
을 지향하던 시인이 세속성을 자기 시의 가치 기준으로 삼게
되었음을 상징적으로 제시하는 이 시는 강희안의 시적 궤적
이 나타내고 있는 인식론적 단절의 한 양상을 잘 보여 준다.

참 슬프기도 하여라

머리통과 다리 사이를 오가다

비로소 주검 앞에서야

불쑥 악수를 청하는, 저

생이라는 질긴   —「오징어, 질긴」부분[2]

---

2) 강희안, 『거미는 몸에 산다』, 문학과경계사, 2004, p.17.

서정은 정서의 가능태이자 욕망의 발현태이며, 공감의 현실태이다. 강희안의 두 번째 시집 『거미는 몸에 산다』에서는 구체적 사물("오징어")에서 관념("생")을 발견하고, 이를 시적 정서("슬픔")로 승화하는 서정적 태도를 견지하고 있다. 하지만 '이 나'의 '슬픔'이 보편적으로 정립 가능한 정서가 아니라는 데서 문제가 발생한다. '이 나'[3]의 슬픔은 구체적 상황과 단독적인 주체의 심적 상태를 보여 주는 언어가 되지 못하고 시적 화자의 단독적인 정서를 서둘러 합일된 언어로 치환해 버리고 말기 때문이다. 말하자면, 서정이 제시하는 공감 가능한 정서의 제시 방식은 되레 규칙화되고 합의된 언어들로 형상화될 뿐, 그 언어가 궁극적으로 지시하는 '이 나'의 정서를 전혀 제시하지 못하는 결과를 가져온다. 그것은 서정의 언어가 단독적인 주체들, 곧 규칙 바깥에 존재하는 개개의 타자성을 대리 표현하지 못한다는 사실, 다시 말해 타자 없는 주체의 일반적인 발화만을 제시할 수 있을 뿐이라는 사실을 알려 준다.

여기에서 강희안 시의 변모가 갖는 시적 의의를 찾을 수 있다. 그는 세 번째 시집 『나탈리 망세의 첼로』에서부터 '인간적인' 서정을 버리고 '비인간적인' 환은유를 본격적으로 제시하기 시작했다. 빈번히 등장하는 상품 설명서, 평문과 같은 일종의 장르 패러디, 낯선 기호들의 나열, 서로 관계없어 보

---

3) 가라타니 고진이 주체의 단독성과 고유성을 강조하기 위해 사용한 표현이다. 자세한 내용은 가라타니 고진 저, 권기돈 역, 「단독성과 특수성」, 『탐구 2』, 새물결, 1998, p.19 참조.

이는 언표들의 결합과 배치와 같은 비시적인 진술 방식은 기존 서정에 대한 조롱만이 아니라 서정의 언어가 놓쳐 버린 감각의 결들을 쓰다듬는 미학적 태도이기도 했다. 인간적인 정서와 감정이 서정의 일반화되고 특수화된 언어로 표현되는 데 반대하면서, 서정의 언어로부터 벗어난 비인간적인 언어를 통해 '이 나'의 단독성을 초과와 미만의 양태들로 제시하고자 했던 것이다.

이번 시집은 환은유의 시적 방법론을 더욱 밀고 나아가, 타자의 타자성을 적극적으로 도입하는 데 이른다. 그리하여 비인간적인 언어의 미학적 가능성만이 아니라 시적 윤리의 잠재성까지도 마련하는 데 성공하고 있다. 타자성을 배제한, 수렴 가능한 주제로 시의 벡터를 일방적으로 설정하는 서정적 화자의 목소리 대신, 타자의 시적 개입과 욕망의 발견이 가능한 시적 공간을 제시함으로써 서정으로부터 시를 구출하고 있다.

서정적 태도는 동일성의 언어들로 시의 공간을 울타리 쳐 놓고, 그 독아론[4]적인 독백으로부터 만들어진 한 편의 시를 제출함으로써 구현된다. 거기에서 서정은 1인칭 화자에 의한 보편적 소통 가능성의 모색이라는 모순과 마주하게 된다. 궁극적으로, 자아의 확대를 꾀하는 서정의 언어는 타자의 도입을 원천적으로 봉쇄하고 오직 내성의 언어만을 메아리처럼 반복한다.

---

4) 가라타니 고진 저, 송태욱 역, 『탐구 1』, 새물결, 1998, p.14.

왜냐하면 서정의 양식적 특질은 은유이기 때문이다. 은유가 가진 동일성의 욕망은 타자의 절대적인 외부성을 배격하고 내적 통합의 가능 근거로 일부 요소만을 폭력적으로 간취함으로써 서정적인 한 양태를 성립시킨다. 타자(외부)를 상정하지 않는, 단독적인 타자들을 특수한 것으로 환원하는, 보편성을 일반성으로 내성화하는, 타자 없는 주어의 언어=서정.

따라서 서정은 서로 다른 대상에 대한 폭력적인 1:1 대응의 양식이며, 매개 없는 결과의 신비한 '로고스'를 형상화한 것이다. 그 후광에 눈먼 시인은 자아에게 타당한 언어를 보편적으로 타당하다고 가정한 채 시적 언어로 선포하며, 계시적인 상징을 외설적인 규칙으로 형상화한다. '있어야 할 것'을 '있는 것'으로 믿고, 있는 것 바깥의 존재들을 제거해야 할 대상으로 판명한다. 동일시의 외부, 동일성으로부터 휘발되는 비유마저 응결된 내부의 언어로 간주한다. 서정적 자아라는 순수하고 투명한 가상이 거기서 탄생한다. 그리하여, 휘발되는 기체가 응결하기 위해서는 응결핵이라는 비순수가 정초되어야 한다는 모순(데카르트에게 있어 그것은 '신'이다)을 내성의 눈먼 독백 앞에 무력화시킨다.

하지만 기의의 동일성이 아니라 기표의 동일성만을 유사성으로 취한다면? 상상화된 '내용'의 동일성이 더 이상 외부를 상정하지 않는 것이라면, 상상과 상징(라캉적인 의미에서)의 경계에 놓인 기표라는 껍질은 상호 유사한 다른 기표의 드러남에 의해 무참하게도 그 껍질이 감싼 내용이 텅 빈 것이었음을 증명해 버리고 말 것이다. 깨어져 버린 알, 사라져 버린 로고스, 기체의 휘발 뒤에 남은 응결핵이라는 더러운 먼지. 이는 강희안의 이번 시집이 겨냥하는 시적 전략의 핵심이라 할 수 있다.

3. 기표-은유와 '차이'의 시적 도입

은유는 서로 다른 대상을 규합시키는 신비한 힘을 외화한다. 기실, 시적 상상력이란 서로 다른 대상에서 동일한 속성을 발견해 가는 인식론적 사건이 아닌가. 그렇다면 은유는 주체와 타자의 적극적인 관계 맺기를 가능하게 하는 능력을 갖고 있는 것처럼 보인다. 하지만 은유는 개별 사물들의 속성이 아닌 사물의 원시성, 다시 말해 파르메니데스[5]가 상상한 '존재의 본질'로서의 사물과 사물을 잇닿게 한다. 왜냐하면 은유는 외따로 떨어진 대상들의 관계성을 원초적인 형상으로 회복시킴으로써, 사물의 시원(始原)을 지시하는 언어-형상(에이도스)을 상상하도록 이끌기 때문이다. 사물 그 자체의 가치, 사물과 사물의 차이가 은유의 신성성에 의해 지워지고 마는 것이다.

---

5) 파르메니데스는 존재는 변화하지도 않고 움직이지도 않으며, 생성이나 소멸도 되지 않는 것으로 생각했다. 뿐만 아니라 완전히 동그란 구슬 모양처럼 그 테두리에 쪽 고르게 둘러싸여진 채로, 영원히 정지되고 고정되어 있다고 생각했다(요한네스 힐쉬베르거 저, 강성위 역, 『서양철학사 상』, 이문출판사, 2002, pp.43-44). 존재의 본질이 갖는 이와 같은 사유는 이후 플라톤·아리스토텔레스를 거치며 서양 철학사의 움직이지 않는 전제가 되었다.

그런데 강희안은 은유를 포기하지 않는다. 독특하게도 그에게 은유는 환유와 대립하여 주체의 시적 태도를 내세우는 수사적 전략이 아니다. 다시 말해, 강희안은 타자를 도입하지 않는 서정의 태도, 은유의 아우라를 완전히 배격하지는 않는다. 대신, 그는 은유를 세속화한다. 기의의 동일성을 배격한 은유를 통해, 사물들 간의 동일성을 찾고자 하는 독자들의 시적 욕망을 배반해 버린다.

푹 퍼진 바지의 줄을 잡다가 슬쩍 당겨 본다
꽉 다문 입 없는 말
주루룩 뱃가죽 찢으며 지평선을 열어젖힌다
성기가 터질 듯 부풀기 전에
금속성 이빨들이 일제히 가방에서 뛰쳐나왔다

입·이것은 안전 처리된 미늘인 듯
살갑게 봉인을 풀 때마다 비린내가 물큰했다
누구나 공공연한 전횡을 일삼았지만

자크·저것은 투명한 데리다의 기표였으므로
누구나 쉽게 개봉할 수 있는 지퍼백
순수한 말의 기원은 없고 혀의 기능만 있다던

질·그것은 딱딱 맞는 이빨 없이도 완강했다
표표히 유목에 지친 말로 남아 떠도는

사막의 바탕은 바람의 망막이 아니었다

바람에 재편된 사구의 주름을 헤집어 보다가
알알이 흩어진 모래
잠시 신기루 펼칠 때 트럭의 범퍼가 닫혔다
이 뜨거운 실린더가 터지기 전에
말 없는 입들이 지퍼를 열고 고비에 당도했다
―「지퍼의 전횡사」 전문

시인에게 은유는 유사한 소리(기표)의 재현에 의해 희미한 관계로 정립될 뿐이다. "지퍼"―"지평", "전횡"―전행, "줄"―"주름", "입 없는 말"―"말 없는 입", "고비"―고비사막 등이 그것이다. 더욱이 시적 의미 안과 밖에 동시에 위치할 수 있는 '전행'이나 '고비사막'과 같은 기입되지 않은 언어들은 시어의 환유적 연쇄에 의해 환기됨으로써, 비로소 육신을 드러낸다. 이를테면 '전행'의 경우, 지퍼의 고른 "금속성 이빨들"의 행렬(前行), 지퍼가 "주루룩 뱃가죽 찢으며" "열어젖"힐 때의 '轉行'을 시의 내부에 배치하지 않으면서도 떠올리게 한다. "고비" 역시 "사구"―"모래"―"신기루"라는 일련의 연쇄에 의해 제기되는 고유명, '고비사막'에 자연스럽게 "당도"하게 한다. 은유에 눈먼 시인이 아니라 그 아우라를 제거하고 언어 그 자체를 사물화하려는 시인―주체―발화자가 문장들 속에서 다른 양태로 나타나고 있는 것이다. 동시에, 외부와 내부를 경계 지으면서도 그것을 무화시키는 잠재성을 가진 동일한 가

상적 사물, "입"-"자크"-"질"의 상호 보완적인 은유 관계는 되레 그것의 차이를 각 연마다 배치하여 드러냄으로써 시적 언술의 논리적 정합성을 정초한다. 차이야말로 존재의 본질[6]이라 한다면, 강희안에게서 은유는 동일성의 은유가 아니라 소리의 유사성에서 관계 맺어지는 언어들 간의 차이를 노정시킴으로써, 기의 없는 텅 빈 기표들의 질서 정연한 연쇄와 배치(환유)에 의한 언어의 사물화를 끝 간 데까지 밀고 간다.

거기서 언어의 신비성은 탈각된다. 언어는 신적 의지의 신성한 현현이 아니라 그 자체로 존재하는 차이를 가진 사물일 뿐이다. 사물로서의 "입"은 실재하는 입과는 아무런 상관이 없으며, "자크"는 자크가 아니라 "입"과의 상관관계 하에서, "질"과의 은유적·환유적 연쇄와의 관련 하에서, 한 연에서의 위상을 나름으로 차지한다. "딱딱 맞는 이빨 없"는 "질" 또한 "자크"가 아닌데, 그것은 "순수한 말의 기원은 없"는 "자크"가 "입"이 아닌 것과 같기 때문이다. 차이가 사물을, 시어를 정초한다. 타자가 차이의 타자라 한다면, 그것은 기실 타자를 정초하는 것이다. 은유를 사용하되, 타자의 정초 가능한 자리를 마련하는 기표-은유, 그리고 환유적 연쇄. 기실 시인이 자주 언급하는 '환은유'는 시에 타자를 도입하고 주체와 타자 사이의 관계 맺음을 외화하고자 하는 시적 노력의 표현 양식이다. 은유는 주체에 의해서 구현되지만 환은유는 타자성과 함께 도출된다. 그러므로 '환은유'는 단순히 시적 수사

---

6) 질 들뢰즈 저, 서동욱·이충민 역, 『프루스트와 기호들』, 민음사, 2004, p.72.

에 불과한 것이 아니라 내성의 독백으로부터 시를 구원하기 위해, 은유의 감각을 세속화하기 위해 사용되는 시적 형식과 내용의 일치를 구가하는 방법론으로 보인다.

이 시에서 1연과 5연이 수미 쌍관으로 '당김-헤집음, 다묾-흩어짐, 열림-닫힘, 부풂-터짐, 뛰쳐나옴-당도함'의 상호 대응하는 서술어를 갖는 것 역시 유사한 문장 구조에서 빚어지는 서로의 차이를 구체화하기 위해서다. 그것은 한편으로, 시인이 강박적일 정도로 은유와 환유로 연쇄되는 언어적 배치를 상세히 설명하고 있음을 증명한다. 여기서 시인은 '환은유'가 환유의 무한 연쇄에 의한 비유기성이 자칫 언어-놀이에 갇혀 폐쇄적인 자기 지시성으로 빠질 우려를 불식시키면서, 동시에 은유의 유기적 동일성이 타자성을 배격하는 무한한 자아의 확대로 이어질 가능성을 제어하고자 하는 미적 전략을 드러낸다.

4. 타자성의 정초와 반복되는 환은유

시인의 전략은 「고양이 야마카시」에서 환은유적 언어 배치를 이미지의 배치로까지 확대함으로써 또 다른 의미론적 맥락을 산출한다.

회색 배관과 로프를 타고 담을 뛰어넘는
저 물찬 환영들이 떼를 지어

후루룩 번화가 뒷골목으로 사라졌다
고도의 탄성과 근력으로
크고 작은 건물과 건물 사이
고공 점프하며 날뛰는 고양이과 동물들이
도심 곳곳에서 속출하기 시작했다

게임은 보통 3마리 이상의 고양이가 모여
300m 정도의 둥근 선을 긋고
그 안에서 정해진 텍스트의 목표대로
각각의 동작을 선보이는 식으로 진행된다

언젠가 고양이 셋이 번개팅으로 만나
새 빌딩을 기어오르다가 추락사한 적이 있다
TV와 신문에서는 한결같이
그들이 삼각관계에 걸려들었다고 전했다
강인한 영혼, 강인한 신체
뭐 그런 것을 표방한다고 해서
좀 특별한 성적 담론쯤으로 여겼던 것이다

고공 점프의 높이, 동작의 속도
몸짓 하나하나의 예술성에 이르기까지
기계체조, 암벽등반, 낙법 등
여러 요소들이 종합적으로 평가된다

> 다운타운에 새로 들어선 건물을 탈 때는
> 노련한 고양이들도 주의해야 한다
> 어느 누구도 표절한 적 없지만
> 종종 건물에서 큰 손이 튀어나와
> 저 낯선 환영들을 구겨 던지기 때문이다
> 도심의 건물들이 하나같이
> 야생의 발톱을 기피하려는 경향 때문이다
>
> ―「고양이 야마카시」 전문

    이 시에서는 극단적인 이미지의 배치가 나타난다. 먼저, "고양이 야마카시"라는 시어가 지시하는 도심/야생의 이분화된 이미지("도심의 건물들이 하나같이/ 야생의 발톱을 기피하려는 경향")가 그것이다. 병치은유를 통해 의미론적 변용을 꾀하는 시인의 이와 같은 의미-효과의 전략은 "도심"에서 "야마카시"를 행하는 "고양이"들의 '사라짐-속출하기 시작함', '기어오름-추락-던져짐'과 같은 동작 이미지의 연쇄로 인해 역동성과 비극성을 함께 도출하며, 시적 긴장감을 조성한다. 건물 벽을 타고 오르내리거나 건물 사이를 뛰어넘는 "강인한 영혼, 강인한 신체", "물찬 환영들"은 언제나 "낯선 환영들"로 "구겨 던"져질 수 있기 때문에 "야마카시"는 마르크스가 썼던 표현 그대로 '목숨을 건 도약'이다.

    문제는 그와 같은 '게임'이 그 플레이어들에게 아무런 이득이 되지 않음에도 행해진다는 점이다. 그것은 게임에 대한 보상에 관해서는 시인이 관심을 갖고 있지 않다는 것, 다른 효과에 관심을 갖고 있음을 뜻한다. 시인이 관심을 두고 있는 것은 "회색 배관", "로프", "담", "크고 작은 건물과 건물 사이"를 문명화된 도심으로 내버려 두지 않고 "고공 점프" 가능한 "야생"의 한 공간으로 재배치해 버리는 게임의 수행, 그 자체이다. "고양이"들의 "고공 점프"가 목숨을 건 도약인 이유는 그와 같은 게임 수행이 도시를 밀림으로 바꾸어 버려, 환은유적 이미지의 공간이 되게 하고 있기 때문이다. "정해진 텍스트의 목표" 즉 게임 수행의 규칙이라는 환은유적 공간과 무관한 듯 보이는 외부 그 자체의 절대적 잠재성이 "야마카시"를 행하는 행위자에 의해 문명의 한복판 안에서 수행됨으로써, 환은유의 미끄러지듯 연쇄되는 진술을 이끌어 내며, 이는 게임이 수행되는 모든 공간들을 새로운 존재론적 변용태로 바꾸는 결과를 산출한다. 외부(규칙)에 의한 내부(도시에서 밀림으로 바뀌는 공간)의 정초 과정. 그것은 타자에 의한 내부 규칙의 일신 과정이기도 하다. 말하자면, 우리는 이 시에서 이미저리의 노련한 환은유적 배치에 의해 조금씩 잠식당하는 문명의 자리와 위태로운 야생의 공간이 동시에 재현되는 과정을 지켜볼 수 있다. 그것은 기존의 서정 양식의 은유에서는 현현될 수 없었던 타자성의 은밀한 노정을 환은유가 마련할 수 있다는 것, 그로 인해 새로운 인식론적 절차들의 양식화(세속화)가 이루어질 수 있는 것임을 넌지시 알려 준다.

서정은 타자를 인정하지 않는다. 서정의 내성성은 '나'의 규칙만을 정립할 뿐, '타자'의 규칙은 인식하지 않는다. 서정은 시적 화자의 감각과 호흡에 따라 형식과 내용을 정초하는,

단일 규칙의 우주적 적용 가능성을 실험한다. 그러므로 서정은 나=우주의 무한정한 자아의 확장을 궁극적인 시의 목적으로 둔다. 동일시 가능한 자연이 더 이상 존재하지 않는 현대의 서정은 '공감 가능한 것'이라는 이데아를 플라톤식 '분유'의 환속화된 버전으로 지상에 유포함으로써 서정성이라는 환상을 심는다.

그런데 강희안 시인이 제안하는 은유와 환유의 연쇄적 배치의 양식인 환은유는 그 배치가 한 편의 시에서 수미 쌍관의 형태든, 유사 문장의 배치든, 시적 이미저리의 대비든 간에 유사한 형식으로 반복되고 있다. 이것은 매우 중요한 의미를 갖는다. 왜냐하면 반복은 규칙을 이끌어 내기 때문이다. 물론 이때의 반복은 동일한 패턴의 반복이 아니라 유사한 패턴의 반복이다. 유사성은 동일성을 이르는 다른 말이 아니다. 유사성은 차이를 전제할 때 구출되며, 동일성은 차이를 부술 때 소급된다. 언어들의 반복적 배치는 차이를 전제한 유사성을 발산하며, 반복되는 언어들 간의 의미론적 변용을 일으킨다. 새로운 규칙은 거기서 탄생한다. 그러므로 반복에 의해 발견되는 규칙은 시적 공간 내부에 있다. 하지만 그것은 외부에 있는 것이기도 하다. 왜냐하면 규칙은 언제나 사후적으로만 발견되며, 사후적인 규칙은 시가 쓰여지기 이전, 잠재성의 장(스피노자식으로 말하자면 '자연')에 이미 있던 것으로 간주되기 때문이다. 그러므로 규칙은 내부이자 동시에 외부인, 그 자체로 타자성이다.

강희안 시의 환은유가 정초하는 규칙은 독특한 성격을 갖고 있따. 그의 시는 독자로 하여금 암묵적으로 합의된 규칙을 전제한 채 감상하게 하는 것이 아니라 독자로 하여금 합의를 무효화하고 시적 공간 안에서 스스로 규칙을 찾는 체험에 이르도록 이끈다. 왜냐하면 반복에 의해 도출되는 규칙은 시인이 제시한 것에만 그치지 않고 독자들로 하여금 사후적인 발견을 통해 스스로 세워 가도록 하고 있기 때문이다. 그런 점에서 강희안의 시는 놀이적 감성으로 충만해 있다. 규칙을 함께 찾아가고 만들며 한 편의 시로 준수할 뿐 아니라 새롭게 규칙을 변경해 나가고자 하는 욕망이 거기에 있다. 일방적으로 규칙을 준수하도록 요구하는 서정의 동일자로부터, 그의 시는 규칙을 함께 만들어 가는 참여자들을 호출하고자 한다. 그것은 시인이 한 편의 시를 통해 규칙을 공표하고 이를 적용하는 역할을 자임하지 않고 단지 규칙을 입안(立案)하고 제안하는 역할을 하는 자임을 뜻한다. 시인은 유일한 발화자가 아니라 함께하는 발화자이며, 유일한 청자가 아니라 함께하는 청자이다.

5. 세속적 놀이=시의 윤리

강희안의 시에서 시인이 제안하는 규칙은 단일한 하나의 규칙만이 아니다. 환은유의 언어와 이미지의 연쇄는 대등한 위상을 가진 몇 가지 규칙을 시편에 함께 입안한다.(이는 세 번째 시집에서는 찾기 어려웠던 시적 전략이다.) 독자들

은 그 규칙을 발견하고 참여할 뿐 아니라 새롭게 만들어 갈
수 있다.

　　치타의 송곳니 사이로 새어 나오는

　　아말리아의 파두 들은 적 있는가

　　쿡쿡 지르는 조련사의 막대기

　　단호한 구령의 마법에서 풀린다면

　　바다로 뾰족하게 내민 곳

　　그 간절한 기슭에 닿을 수 있겠다

　　누구도 바다의 악보 찢지 못하리라

　　통속에 젖은 기타의 줄을 끊어 버렸으니

　　멀고 먼 리스본 뒷골목에서

　　치타의 날카로운 울음소리까지 꺼냈으니

　　그대, 허랑허랑 파도치는 집시의 발목을 잡겠다

　　함부로 기타의 통 속에서 뛰쳐나오는

　　치타의 발톱을 본 일 있는가

　　등을 보인 조련사의 기타

　　그 서슬픈 현을 튕기다 보면

　　남방으로 하얗게 뿜어 올린 젖

　　그 따뜻한 물결의 무덤에 깃들 수 있겠다

　　아무도 기타의 윤곽 잡지 못하리라

부지불식 솟는 치타의 이빨을 뽑았거나

여기저기 군락을 이룬 마을에서

조련의 손길 거부한 붉은 눈빛이었으니

그대, 유랑유랑 떠도는 바다의 잔등에 오르겠다

―「따뜻한 파두」 전문

이 시에서 우리는 "송곳니"-"곶", "통속"-"통 속", "허랑허랑"-"유랑유랑"과 같은 연쇄되는 언어적 결절점들뿐 아니라 야생성-"조련", "파두"-"기타", "조련사"-기타리스트와 같은 연쇄되는 이미지의 결절들, 죽음-생명, 속박("치타")-해방("집시")과 같은 연쇄되는 상징성의 결절들과 만날 수 있다. 서너 개 정도의 서로 다른 의미론적 맥락들이 서로 상충하고, 길항하며, 화해할 뿐 아니라, 결별하는 양상을 이 시는 보여 주고 있다. 그것은 서로 다른 규칙들이 이 한 편의 시 안에서 함께 내재되어 있으며 동시에 발산되고 있음을 시사한다. 시인은 그와 같은 규칙을 마치 미로 찾기 게임처럼 제시하고 해석하여 정답을 제출하기를 요구하지 않는다. 되레 시인이 제시한 규칙을 독자 스스로 읽고 새로운 규칙을 내려 주기를 요청한다. 시인조차 발견하지 못한 규칙들, 발견해 내지 못한 반복의 패턴과 결절들을 읽어 내도록 적극적으로 타자의 타자성을 승인하고 타자로 하여금 요구하고 있는 것이다.

지금 시인은 놀이로서의 시를 제안하고 있다. 참여자들에 의해 적극적으로 규칙이 발견되고 생산되며 변경되기를 바라

는 시=놀이, 시인이 규칙을 만들고 그 규칙이 참여자들을 내
포 독자로 규정하는 형식의 소통이 아니라 참여자가 규칙을
정하고 만들어 내는 새로운 소통 형식으로서의 놀이=시. 성
스러운 것으로부터 세속적인 것으로 이행하는 시라는 놀이는
서정의 일방통행적 소통 양식으로부터 타자의 타자성을 적극
적으로 정초하는 시적 윤리의 문제를 제기하게 되는 것이다.

그녀는 물속에 들어가 연신 뻐끔 담배를 피운다
일조량과 산소량이 부족하다고 투덜대며
불쑥불쑥 검은 물 밖으로 뛰쳐나올 태세다
물밑 작업하던 강에는 문명이 시작되기 전인 듯
검푸른 바벨의 언어가 아로새겨져 있다

그녀가 봉긋한 C컵 브래지어를 곧추세우며
잠시 물방울 무늬 원피스를 살랑거린다
'신'의 이름에서 'ㅅ'을 슬쩍 빠뜨린 그녀는
저녁놀의 입술에 빨려 든 빛의 나이트장에서
날렵한 꼬리지느러미로 부킹을 시도하고 있다

저마다의 라벨에 따라 조합된 물의 강의실
거들을 입다가 그만 터져 버린 부레가 나뒹군다
힘센 물질로 파랑의 등고선을 그린 대가란
바닥까지 샅샅이 들추어 내는 무리를 자초한 일
그녀는, 뻐끔뻐끔 붉은 혀를 말아 올리며

조만간 아벨의 문법에 맞춰 손사래를 치리라

한밤 내내 난파된 물결 속을 돌아 나와 보면

꼬부라진 캔과 포크, 물고기의 낡은 비늘이

그녀의 방 여기저기 널브러져 있다

담배 연기에 그을린 벽에 신의 권세 대신

바벨을 들어 올린 역사의 이름을 휘날려 써 본다

아침마다 성경책을 필사하던 그녀의 일과는

팽팽한 브래지어 와이어의 압력에 따라

밑 빠진 음모를 더듬어 보는 일로 바뀌었다

교정 구석구석에는 물의 책을 찢고 나서야

다시 문맹을 알리는 대자보가 나붙기 시작했다

—「물고기 강의실」전문

시인이 제시하는 놀이=시는 기존의 신성한 것, 가질 수 없는 것, 보편화되지 않은 것에 대한 미학적 물음표이다. "문명"과 "문맹", "신"과 '인(人)', "강의실"과 "나이트장"과 같이, '성(聖)'과 '속(俗)'의 이분화된 관념의 틀이 무너지고 있는, 그리하여 신성성을 세속성으로 끌어내리고 세속성을 신성성과 나란히 배치하는 이중화 작업을 통해 이 몇 겹의 의미론적 다양성의 장이 되어 버린 공간에서, 시인은 독자(=타자)들을 초대하여 함께 놀기를 제안하고 있다. 여기서 독자들은 "바벨"과 "아벨", 다시 "바벨"로 연쇄되는 기표-은유들에서 "신"

으로부터 떨어져 나온 "역사", 혹은 "문맹"에서부터 "문명"이 되었다가 다시금 "문맹"이 되어가는 순환론적 역사관을 발견해도 좋겠고, 빈번히 등장하는 성적 메타포들을 입구 삼아 "그녀"가 누구이고 어떤 상황에 놓여 있는가를 실재적으로 상상해 보아도 좋을 것이다. 그것이 가능한 이유는 그 모든 논리와 상상, 감각적 경험들이 이 놀이=시를 구성하는 하나의 규칙이 될 것이며, 이 시를 세속화하는 방식이 되게 할 뿐 아니라, 궁극적으로 그와 같은 자기 반영적 해석을 통해 시 자체의 의미가 아닌 독자 스스로의 욕망의 궤적을 발견하게 될 것이기 때문이다.

아감벤이 지적한 바와 같이 놀이가 성스러운 것을 세속화[7]하는 아주 선명한 방식이라 한다면, '서정'이라는 성스러운 보좌로부터 걸어 내려오게 한 세속화된 놀이로서의 시는 타자의 자리를 마련하지 않는 독아론적 태도로부터 타자성을 마련하는 새로운 미학적 가능태를 꿈꾸게 할 수 있는 것이다. 게다가 「냄비들의 후일담」이나 「오늘 저녁엔 뭘 먹을까?」와 같은 정치 풍자의 놀이판=시나 「잠자리 부부 중계석」이 보여 준 신문 기사, 음모론 등을 짜깁기한 놀이판=시는 함께 사용 가능하고 참여 가능한 '세속적'인 시의 양태를 넘어 현실로 용출하는 시의 벡터까지도 그려 볼 수 있는 정치-미학적 가능태마저 상상 가능하게 해 줄 수 있다.

---

7) 조르조 아감벤 저, 양창렬 역, 『장치란 무엇인가? 장치학을 위한 서론』, 난장, 2010, pp.173-174.

하지만 놀이는 현실과 절연된 자족적 세계를 구성하는 데서 끝나기 쉽다. 그러므로 시를 놀이판으로 바꾸는 비서정의 상상력은 자족적인 형식 실험에 그쳐 버릴 우려가 있다. 그렇다면 강희안의 세속적인 시는 서정의 단단한 벽을 구멍 낸 '참여'의 가능태를 더 적극적으로 구현함으로써 미학의 윤리를 넘어 윤리의 미학으로까지 추동할 수 있어야 한다. '참여'는 곧 새로운 규칙의 도입이며 놀이의 지속성에 대한 보장이다. '환은유'는 타자에 의해 계속 쓰여지는 시를 탄생시켰다. 시인이 제시한 "맛있는 라면 조리법"은 조리의 예일 뿐, 강요된 조리법이 아니다. 라면을 맛있게 끓이기 위한 더 많은 타자들의 조리법을 시인은 요청하고 있다. 이 시집이 부품판에도, 매뉴얼에도 없는 새로운 부품들에 의한 새로운 조립 모형의 완성 과정을 이미 한 권 이상의 분량으로 채운 이유인 것이다.